새는 산과 바다를 이끌고

* 이 도서의 국립중앙도서관 출판예정도서목록(CIP)은 서지정보유통지원시스템 홈페이지(http://seoji.nl.go.kr)와 국가자료공동목록시스템(http://www.nl.go.kr/korisnet)에서 이용하실 수 있습니다. (CIP제어번호: CIP2017032695)

새는 산과 바다를 이끌고

윤후명 시전집

은행나무

시전집에 부쳐

십대에 꿈꾸었던 길

십대에 꿈꾸었던 시인에의 길은 여기에 이르렀다. 나는 과연 이루었는가. 이른 것과 이룬 것 사이에서 나는 눈을 감고 있을 수밖에 없다. 그러나 이것이 시인으로서의 나인 것이다. 여전히 나는 눈을 뜰 수 없다. 내가 꿈꾸었던 것은 무엇이었을까.

시간은 나와는 달리 멀리 다른 길을 가버린 것일까. 하지만 아니다. 여기에 이른 것은 내가 틀림없다. 시인으로서 나는 어느덧 오십 년의 시간을 살아왔다고, 내게 눈을 뜨라고 말한다. 그러니까 나는 오십 년의 전 생애 동안 이 책에 있는 시들을 쓰며 살아온 것이다!

이름은 이룸이 된다고 나는 말해야 한다. 아, 이것이었던가. 부인하지 말고 자랑스러워해야 한다. 이 시들이 가르쳐주는 길로 나는 어디론가 걸어왔다. 어디에도 없는 길이라고 말하고 싶지만, 그것은 시 자체의 몫이다.

내 모든 시들로써 그린 지도를 이제 펼쳐 보여야 한다. 별빛이 비치면 이 시들이 어디로 향하는지 보일까, 조심스럽게 나는 내게 묻는다. 그 물음을 묶은 이 두루마리를 이제 펼쳐야 한다.

덧붙이건대 1부, 2부, 3부는 같은 제목으로 나온 시집들이며(한자어들은 될 수 있는 한 고쳤다), 4부 '대관령'은 아직 시집으로 나오지 않은 시들을 포함하여 묶었다.

2017년 겨울

윤후명

2부 **홀로 등불을 상처 위에 켜다**

3부 **쇠물닭의 책**

4부 **대관령**

1부

명궁 名弓

시인의 말

버릴 것은 버리고 손댈 곳은 다시 손을 대어 묶어보았다. 내가 여기서 보여주고 있는 이상의 것을 결코 나는 한 바 없기 때문에, 가부간에 이는 내 한 시대의 증언이다. 어느 행간에 내가 하고 싶었던 말이 스며 있는지 따져보면 아득하기만 할 뿐이지만, 지난 세월의 나는 여기 보는 바와 같은 관적觀的 세계에서 스스로를 다스려왔으며, 이를 통해 세상을 바라보는 틀을 이루어온 게 사실이다.

첫 시집으로 지난 십 년을 마감하면서, 나는 내가 왜 시를 쓰는 것인지 모를 상황에 이른 것을 슬퍼한다. 다만 고백하건대, 시를 시작할 무렵의 나는 고독함으로 짓눌려 있었으나 지금의 나는 무서움으로 짓눌려 있다. 사물에의 무서움.

큰 비상飛翔을 스스로 기다려본다.

1977년 5월

명궁名弓

잡목 숲은 무덤처럼
어둠의 둘레를 무지개로 감고
별빛을 모아 물결의 장단長短에 따라
바람이 하늘거렸다,
날새의 제일 유심히 반짝이는
두 눈깔을 꿰뚫음에
공명共鳴하며 하룻밤을 흔들린 이의
사무치는 뜬 눈의 웃음
드넓고 광포해라,
새가 온 들을 채어 쥐고
한 기운으로 푸드드득 오를 때
활짝 당겨 개이는 먼오금
숲과 들을 벗어나 휘달려
그는 죽음의 사랑에 접근한다

봄밤

흐린 뱀의 몸에 도색桃色의
밤그늘이 어리었다
당겼다 미는 꿈틀거림은
금지된 노랫가락처럼 이
봄에도 뒷마당을 어지럽게 돌면서
영원히 뽑힌 하나의 순간
순간의 다 볼 수 없는 팽창에
그 심금을 집어넣고 있었다
그림자에 깃든 제 자신을 끌고
창이 깨지고 뱀이 달리는
밤그늘의 광야로 나간다
갑자기 만발한 그대의 온몸이
고도高度의 광야로 달려
차게 굳은 저 달빛을 에워싸는가

짐승 같은 사랑

지붕 위에 밤의 거만한

맘모스가 와 덮는다

낮 동안 푸르러지던 동산도

골머리에 매듭져 부활을

외치던 평소의 육욕도

노래 없이는 서로의 귀에

울려 퍼지지 않고, 절망의 많은 문이

여닫는 골목을 지나간다

불의不意의 검은 소식을 나누는

마주 잡힌 손목만

해맑은 상아와 같이 딱딱

부딪치는 무서움,

맘모스의 필사의 힘이

불타는 눈을 향하여

금金의 촉매로 흔들거린다

발굴된 뼈바늘에게

울어도 풀리지 않는 흙탕 바다의
속병이여
갑岬이 떨어져라 바다 우짖는
날은 낮눈도 마저 어둡다
빈 허리에 두른 개털을 날리며
바닷가를 굽어 돌아온 아낙네는
빗물처럼 누워 하늘을 바라 울었다
아낙네여 아낙네의 선율旋律을
보다 알뜰히 받았던 뼈바늘이여
갑은 침묵으로 기울었다
땅속에 잠들었던 하루가
부스스 깨어 앞에 다가서고
모든 길은 함께 바다로 가고
그대들과 같이 희고 얇은 비가
무너진 도랑에 소륵소륵 오는
한창때의 서울의 봄을 내가 간다

왕벚나무의 튼 껍질에서부터

어두운 강산이 밝아지고 있다

매 사냥

옛적 무인지경無人之境에도
산지니 수지니 해동청海東靑 보라매
뉜들 사랑 찾아 안 다녔으랴
이 탄 땅 온 누리를
석 달 열흘이나 내 사랑, 내 사랑,
영육靈肉의 내 사랑,
뒤져 다녔건만
끝내 발에 챈 것은
사금파리나 한 줄기의 마른 기장(黍)대
못 먹을 추억이었지
무뚝뚝한 사내가 버리고 간
이 빠진 사금파리를 부리에 물고
불가능한 하늘의 깊이에 몸을 던진다
술과 하룻밤이 최상에 있다

첨화添花

양주 백가촌白家村 지나 어려 시집간
앵두나무집 숙마빛 계집애
캄캄한 밤이면 서리처럼 따에 진 밤(栗)꽃 대추꽃으로
나는 곧잘 발목이 삐곤 하였지
다 지나간 길에
밑도끝도없는 밑도끝도없는
내 스스로의 휘모리 자장가는 끓고
산짐승에 쫓기는 꿈속에서도
더욱 흉한 악몽을
벗 삼아 놀이하였지
드디어 내 잠 속까지 들어간 내 마음이
밤마다의 어떤 고백으로
두려움을 애걸한 것일까
양주 밤꽃아 대추꽃아 아랑곳아
첨화로다, 첨화로다,

봄 폐정廢井에서

여기서 일찍이 모셨던 햇님

달아오른 돌과 흙과 모래를 이끌고

다시 어느 들의 우물로 가시니이까

햇님

이 다리의 힘줄을 끊어

아킬레스건을 끊어 여기 놓고

몇 날의 아름다운 오곡五穀과

바꾸리이까

아귀餓鬼의 사랑 다툼으로

봄꽃들은 타래마다 흐드러지고

검붉나이다

이제 마음은 토막쳐 소금에 절일 때니이다

숙맥

그대는 숙맥菽麥이야

몸속에 제 관棺을 넣고

걸어가는

밤의, 내

길고 어두운 울음이야

곱어봄

몸을 씻고 오는 저녁노을은
붉으락푸르락
단련된 말의 굽쇠 소리를 퍼뜨린다

격검擊劍이 지나간 적막의 들판에
검불을 뜯는 사슴 떼들

상당한 곳에서
나의 탄생이 꿋꿋하다

울음소리

야반도주한 사노私奴를 따라
숨어숨어 갔던 구름 한 점
타향 가을 하늘가에 떠온다
비껴온 모래톱의 긍휼한 모래알 빛
그 죄罪빛 속에는
모진 구렁마다 불태우던
생솔가지 연기 자욱하고
모두 보내고 제 목숨도 보내고
헐벗은 아낙의 두 눈마저 보낸
사랑과 죽음의 광궐曠闕 속에는
웅크린 날의 승냥이 울음소리
아, 세피아빛 승냥이 울음소리

북만北滿 견골肩骨 노래

밤이면 황사가 퍼붓는 북만주北滿洲
잊힌 벌판으로 간다
저녁이면 주검들도 피 도는 손을 잡고
동녘을 바라 우는 곳
새벽 용이 내 타고 갈 말(馬) 통째 삼켜버리고
우레 소리 피바람에
앵속罌粟꽃 혓바닥처럼 붉었던 마을
썩은 무릎을 곧추세우고
오지奧地로 오지로 얼굴을 들고
누구보다도 머얼리 간다
그 잊힌 벌판 깊은 땅속에
잊히지 않으려고 묻어놓은
어버이 어깨뼈 한쪽 아직 지저귀리라

새벽달

나의 죽음을 물거품으로 돌아가게 하신 그 새벽
빗장이 열린 비밀의 숨김없는 두메를
내 머리 뒤켠 마魔의 동산을
밤새도록 운 두견새도 허깨비로서 지나가고
누구 하나 사슬을 매주지 못한
수천의 의식은 벼랑 밑으로 떨어진 궤짝
원래대로 물결만 굽실거린다
서로 영원히 읽히지 못할 암호인 우리는
눈물 어린 달님에 부름 받고도
항간巷間 달밤에는 앞을 더듬어 걸어야 한다

능선

선녀가 무지개를 들이마신다
사람이 없는 안전한 곳에서
시정의 배고픔도,
뒷방에 재어둔 길쌈 더미의
기나긴 푸른 노여움도,
망연히 몸 밖에 잊고
바깥을 가장 적게만 보고 있다
선녀가 휘청거리며
보라고 버틴
그 뒤를 아무도 볼 수가 없다

만엽萬葉의 샛길

건넛산이고 밤바다고

잠든 이의 불온不穩한 얼굴이고

자작나무가 우거지지

아세아의 동향東向한 굽은 하늘엔

너도 나도 어둡게 상한 팔을

저 만엽의 샛길로

흔들어대지

잠들지 못하지

안팎으로 세차던 바람이 자도

산 사람의 비루먹은 얼굴에

소리 없이 쌓이는 흐린 티끌들

다 들키고 말지

달빛

바람에 밀리고 파도에 밀려

잠들지 못하는 흐린 살(肉) 있어

왕모랫길 영원히 쓸려 가노니

그중 칼 쓴 살은 달빛 가장 아리니

눈보라

버림받고 뒤에 남은 허공을
맴도는 실명失明의 속삭임
떠날 자와 올 자 다 만나서
다시 만날 수 없는
바로 그날의 마음 소용돌이
짜고 신 눈물도 다 버려
죽임의 소박疎薄 차라리 삶 같으나
조여맨 몸 가득한 만초蔓草무늬
다시 바깥으로 바깥으로 뻗어나온다
이 모든 것 떠난 자의 뜻한 바
껴안았다가 풀어주는 이승의 소박은
덧없어라

서북 땅

황진黃塵에 뒤덮인 땅 너와 함께

볼 때의 설레는 떨림

물 만 리 굽이치고 하늘길 만 리 치솟는

네 고향 체마리替馬里엔 말발굽 소리마다

칠흑 같은 무지개 홀로 떴더냐,

불로서 해마다 불로서 여위어간

사람들은 오지를 않는데

아득히 돌팔매질하여

돌팔매 되어 잊히기를

원하련가

네 눈 씻은 압록鴨綠물

네 눈과 함께 흐림이

근심 깊은 꿈에 보이노니

외지外誌

〈TIME〉지는 모르리
몸 둘 바 모를 슬픔의 중중모리를
아예 모르리
아으, 하고 넘어가는 아홉 고비를
낭군 찾아 거북고개 넘어
가고 가는 그대를 모르리
별 총총한 하늘엔
수심愁心도 널려 꽃피고 한반도엔
저리 풋사랑도 많아라
갓 핀 치자꽃 냄새의 〈TIME〉지는
우리네 흐르는 혼이
막히고 뚫고 만나고 떠남을
알지 못하리
허공을 모르리 처음부터

석화石化

속에 돌을 넣고
밤잠도 없이 가는가,
잊었던 설움은 황혼에 묻혀
서산에 휘휘 감기고
밤길의 푸르름 속에서도
지친 몸을 일으키는 각별한
어둠의 칼날
눈물은 눈물대로 건곤乾坤을 적시고
노래가 홀로 걸어
가장 높이 걸어 올라 쉬는 곳에
옛일은 즐거움으로 귓전을
간지럽힌다,
마음이 홀로 되지 않으면
어두운 날로부터 가시가 돋는
홀로 가는 사람이여
돌로 여물리라

얼음의 산

겨울새의 울음도 끝내 얼음 속으로
파묻힌 후 침묵이 불로서
바깥을 헤맬 뿐
침묵이 부리는 검은 하늘을
검은 바다를
우리는 깨달을 수 없다
빈 들의 혼자인
빈 두레박도 공산空山도 우리에게는
남의 것임을 알 재간才幹뿐
곳곳에서 얼지 않는 피눈물의
내만 이룰 뿐

가요歌謠

백발이 되어서도 돌아올 줄 모르는
구름 아래 도망친 옛남녀를
주야晝夜로 따른다
산길 물길 멀고 기막힌
노래의 편도便道
내 따르며 아득히
그들이 널어둔 호화로운 그림자에 젖느니
궤짝 속에 깨어진 노래의
한恨의 부스러기를
허공처럼 넣어 등에 지고

홀로 들을 가며

들의 뼈다귀들은 사방으로 헤매며
이마에 은장도 푸른 날 가볍게 댄
정절을 들로 부르고
많은 개죽음을 이미 사랑하기 시작한 흙들은
서로서로 머리를 파묻고
울다 웃다 울다 웃다
차마 바로 못 볼 저들의
제 나름 맹신盲信
감추리라 감추리라 나는
죽음이 또 낳는 죽음을
얼마든지 감추리라

선운仙韻

—자연을 위하여

십 리 뻘밭이 속마음에 맴돌며
즐거움을 한껏 넣고
아침 골안개가
불러선 안 될 허무맹랑한
고운 노래를 목에 걸고 있다
사람만 보면 불타오르는
애숭이 자연의 가여움!
비적匪賊이 남긴 내 집의 불처럼
저것들은 타오른다

낯선 죽음

옹관甕棺 속에 누워 풍부한 잠을 자네
입었던 장삼長衫은 어디다 벗고
뼈만
녹슨 펜촉처럼 부지깽이처럼 있네
사심邪心 없이 바람기 없이
말없이 눈물 없이
푸른 것을
검은 것을
딱딱한 것을
싱거움과 지겨움을
남에게 여쭙지 않고 자네
자네는 싱싱한 자연으로 자네

큰 산의 노래 1

눈이 안 잊혀 온 무희舞姬를 보았나
생나뭇가지에 불 더디 댕기는
고산高山은 상금 눈 속에 절어 있고
몸도 마음도 동시同時인
무희가 와 머물렀다
춤의 광란에 신 발목은
찬 눈 찜질을 즐긴다지,
목도 정강이도 파도처럼 움직이는
무희는 돌 위에 앉아서
헛 지나간 공간空間이 아연해
생사마저 뛰어넘고
한기에 단 얼굴을 눈으로 문댄다
흐릿한 조각 거울이
잠들 때까지 바깥세상을
흐르게 하고 숨쉬게 한다
오, 잠든 무희의 뒷잔등에 거짓처럼
고요히 박힌 더 긴 칼을 보았나

큰 산의 노래 2

무사無嗣여, 정든 일들은
노을 저편에 거적을 깔고 덧없이
서산에 얼굴을 가려 있도다
서산을 한없이 밟고 밟는
발자국마다 가랑잎에 숨긴 그
피의 어둠을 보고 말리로다
뼛속의 밤을 지새는 바람 소리여
무사여, 내 오죽烏竹 같은 뼈는
뿔피리로 남아서 몇 세상을
울다가 지치리로다
기다리지 않고 홀연히 떨어져
물려줄 수 없는 어둡고도
묵직한 해여,

큰 산의 노래 3

꽃다운 처자의 눈엔 선봉仙峰이 들고
하늘을 괴나리봇짐에 진 선봉이 들고
빈방도 많을 타관의 불빛
선봉을 낭군의 말씀으로 비추인다
못 먹어도 머릿단은 아침마다 길어
풋정이 아니게 한다
풋보리 같은 정을 두고
봉峰 너머 가신 낭군은
타관의 불빛에 수신瘦身을 누이리
긴 밤 흰 눈물
선봉에 차 넘치고
녹슨 단도에 비춰 보는 얼굴
차갑게 여울져
길게 차가워라

큰 산의 노래 4

지난가을 갔던 액厄이 또 온다
심산深山에 동지섣달 다 누웠다가
때아닌 봄눈을 몰고
캄캄히도 온다
이 내 몸에도 개펄 같은 네 몸에도
한아름 줄 것은 열병
겨울 동안 언 육체가
봄 동산 도화桃花 옆을 헤매어 갈 때
풀에도 앉고 죽은 이의 잔등 같은
돌 위에도 앉아
뼛골에 사무친 긴 웃음을 웃을 때

큰 산의 노래 5

내 잊고 넘으리
뜨겁던 낭자의 눈에 옻칠같이 빛나며
밝히어도 끝내 못다 밝힐
이 검은 강산
밤 따라 노래 부르리
밤은 저 영봉靈峰에 땀을 흘리며
기러기 날개로 걸쳐 있으니
밤은 노래 없이 노래하니
길고 긴 무꾸리의 옷자락
밤이 공교히 떠서 헤어짐을 모르고 노는
이 땅 한없이 버리고
깃 가벼이 가버리리
미친 노래로 미친 노래의 미친
몇 구절로라도 이길 수 있는 그곳으로

큰 산의 노래 6

늦가을 빗발이 상전桑田에 친다
한 마리 늙은 외기러기의
잿빛 날개를 씻은 빗물이
세상을 눈물겹게 영롱히 씻고
씻으니 또한 그 겉은 웃음소리가
이 건곤 하나를 정말 하나로 사랑하고 있다
산마루의 희끗희끗한 틈바구니로
뽕잎을 날리던 샛바람은
끝없는 잠을 내게 부르고
뽕잎은 죽음 쪽으로
성큼 크는 것이다

큰 산의 노래 7

잡새의 울음소리에
빼꾸기 울음소리도 뒤섞여
외딴집 기운 용마루에 쏟아지니
가신 님 발자국을
사십 리 가시밭으로 이루니
오랜 문설주도 한껏 허물어진
흙집 뒤곁 멀리 너
시간처럼 물처럼 넋 놓아 흐르도다
아픔을 새 울음소리 빈터에 새기고
썩은 나무뿌리에 새기어
쓰디쓴 흙빛 몸이 되니
일을 다 마쳤구나
어둠이 오기 전에
달콤한 구슬픈 제 살이 되니

큰 산의 노래 8

반달곰은 죽어 산간 처녀의
겉옷이 되고 그
채 안 마른 핏자국에서
욕망은 펄펄 끓어난다
무딘 도끼로 고목 등걸을 패는
처녀의 흔들림이
죽은 반달곰을 붙안고,
욕망의 밑뿌리 환한 안개 속
어버이가 간 밤의 달무리 속
곰 그림자가 처녀의
몸을 구만리 깊이로 파고든다
오밤에 홀로
개울물 소리를 즐기던 눈물의 그림자가

큰 산의 노래 9

구름이 부르르 털으며 산등을 넘고
머리 위에 뜬 공규空閨엔 얼음이 들어도
밤사이 고리짝 속의 설움이
얼룩져 육체를 더럽힐 때까지
사공의 삿대 소리마냥
가냘피 욺이 유락遊樂이 되나니
오지 않는 새벽이
서리서리 몸서리치는 장한長恨의
강바람을 휜 몸에 올리나니
산에 내리면 산은
항거 없이 당하는 자
바다는 머리에서 발끝까지
찬 피가 흐른다
타오르는 유락은 멈춰주질 않는다
숨을 곳이 없나니 그믐밤이여

불의 충정衷情

그대 먼눈을 밝히려고

악머구리 끓는 보리죽粥에 저무는

산마을 가마 속 불빛은

손각시처럼 가물가물 춤춰 오다가

스러지고

일어섰다간 다시 스러져,

이젠 그대 실려간 수레 자국만

비가 오나 눈이 오나

끝간 데 없는 두멧길 위에

가물가물 패어 있구나, 불이여

삼패三牌 노래

이 밤이 멀쩡한 내 눈에

담즙을 붓네

가슴을 짓누르는 무쇠 덩어리

무거운 이 밤의 안녕

글을 읽네

차고 흰 얼굴에 더친

풋사랑의 덧없는 그늘을

걷어버릴

늦은 발(簾)처럼 걷어버릴

몇 줄의 글을 좇아

홀로 변방과 같은 이 긴 글을 읽어

헛되이 날을 밝히네

황금가지 1

너훌거리는 늙은 꾀꼬리의

굴참나무 껍질 같은 것이 그의 울음을

서천西天까지 흐르게 하고

그의 울음 아래 있는 슬픔들에게

샛길을 열어주고

앞숲으로 너훌 뒷숲으로 너훌

늦봄을 너훌거리며

징처럼 떨며 퍼지는 저녁빛을

삼키는 저녁,

그가 알에서 사람을 까는 걸

기대하는 내 모습을

힐끗, 보기까지 하는 늙은 꾀꼬리

황금가지 2

빛바랜 겨울 하늘은
낡은 돛폭처럼 펄럭거리고
살煞이 껴 한결 반짝이는
뭇 삶처럼
잔별은 총총히 반짝여
보이지 않는 겨울 하늘의 뒤로
식은 유골을 흩뿌리고
있다
남의 삶처럼 까마득한 곳에서
괄디관 별빛이
나의 것이기도 하고 그대의
남김 없는 것이기도 한
고운 뼛가루를 날리고 있다

황금가지 3

—봉신벌에서

밤마다 가위에 눌려

가위의 꽃불이 타는 봄밤을

나는 귀갑龜甲을 덮고 쫓겼으니

무거운 몇 방울의

납덩이 같은 눈물을 내 눈물로 알게 하는

접동새의 붉은 울음과 피

얼굴 가득히 장옷을 쓰고 접동새

온 봄밤 거룩히 누리는가,

흐르는 살의 여울을 내

맨손으로 막았으니

캄캄한 자기를 캄캄하게 아는

마지막 기쁨에 이르렀으니

탈춤고考

다시는 되찾을 길 없이
즐문櫛文의 묵은 주름살을 깊이
새겨 넣고
숯검정과 기름때에 절고 절은
탈이여, 죽음과 같이
외진 흙벽에 기대어 잠들 때도
벗을 수 없는가
무섭고 무서워 스스로도 모를
핏기 없이 굳은
탈이여, 아무도 모르고
스스로도 모를 곳을 제 곳으로
짐짓 짚고 있는가

구황시救荒詩

1. 자생自生

망나니의 활활 타오르던 몸이
부황浮黃으로 문득
길고 긴 하늘가에 잡념 없이 뜬
구름 같은 붕鵬이 된다
밤이고 낮이고 시끄럽던
몸이 자기의 불을 자기의
어둠으로 끄고 있다
부은 하늘과 땅에는
황폐한 것만이 사랑이 되듯
타령처럼 정신은 그때
개인을 벗어나 떠오르며
스스로 놀랍게 살아갈 것

2. 대동여지도

눈 혹은 개울에 언 발을 녹인다

패牌처럼 엎어져 동향東向한 어둠으로

온몸을 숨기고 헛것이듯

더듬어 온 길은 아닌 밤

족쇄와 칼이

되고도 남는구나,

죄를 따라 소리소리 끌고 온 발아

동상凍傷으로 짓물러서야 비로소 참말을

쾌히도 하는구나

그대 발을 녹인 물이

볏논을 녹이고 성性을 녹이고

노래까지 녹이라고

3. 비가悲歌

붉은 물이 넘노는 이 산천을

소리 한가락 않고서는

못 떠난다

감탕과 같이 어울린 사랑을

어느 달밤이 깊이깊이 꾸며주듯

달밤 흰 옷깃에 이

붉게 넘실이는 물을 비추면

한 죽음의 나를 꾸며주고 있다

가로막고 있는

오밤과 함께

자기 살을 저미는 힘찬 소리로

나를 꾸며주고 있다

하룻밤

공중에 흐르는 새를 따라
흐르는 매일을
내 죽음의 칠갑을 입고

자비慈悲한 한 장의 모란 꽃잎처럼
스르르 미끄러져 죽음
비탈길을 내려오고
쌓여 있는 두서너 갈피의
모란 꽃잎 헤매다 헤매다
만난 남녀로서
접接해져가는 하룻밤

헤어져 돌아올 줄 모르는
하룻밤만이 내게는 영광
죽으면서 한 방법인 영광

고독한 얼굴

셀로판지 같은 세상
뱃속까지 다 들여다보인다
충蟲이 들끓는 네 오장육부에
얼굴을 넣어
그것과 같이 있는
말하자면
고독
고독의 셀로판지보다는 얇은
막을 들여다본다
그제서야 네 고독의 심줄이
삼지닥나무보다도 질겨
함께 잠자리 했을 때도
그래서 얼굴은
선녀같이 동떨어져 있구나 하고
알 것 같다

세 유희遊戲

하나.

흘러가면 살처럼 빠르고
머물면 훙가처럼 요요한 이 하룻길
밤새 횡적橫笛으로 뒷골에 울려대던
사랑의 마지막 뒷모습도
아른아른 잊혀간
거룩한 뒤
새 살이 만강滿腔 돋는 이 하루를
참 가엽고 가여워
스스로 웃음에 지치리라

둘.

뒤에 달려오는 사자
그 뒤에 달려오는 코끼리
백수百獸를 달리게 하는

하염없는 묘약인 죽음
내가 북청사자무를 추면
세상은 또한
북청사자무 되어
건들거린다

셋.

사랑의 울림이 죽음의 홈통을 돌아
되울릴 때를
다 썩은 몸에서 인燐불이
노래처럼 새어나올 때를 기다려
해가 갓난애의 뇌처럼 갓 떠오르고
죽음이 웃음 짓는 소리 들리는
상냥한 하루를 기다려
지금은 못다 한 생의 덫을
뻗대놓을 뿐이네

승냥이 얼굴

가장 사랑하는 고운 님에게
시들지 않는 추파秋波를 엮어드리리
오직 하나밖에 없는
내 승냥이 얼굴을 보여드리리

산밭에 나간 네가

산밭에 나간 네가
그예 돌아오지 않은 뒤로
처음인가봐, 이 비
산밭 박하 잎사귀에서 묻혀 온
박하 냄새로
네 간 발자국마저
흐릿하게 흐리히고 있어
푸른빛이 채 안 가신
올 굵은 마대麻袋 자락을 걸치고
이 땅에 처음 오는 비
흙에 남은 네 땀내를 울궈
항아리에마다 넣어 삭이며
다시는 다시 오지 않을 이 비님

먼 길

얼마나 오래 불러야 하리오

송홧가루는 네가 남긴 분粉으로

뽀얗게 봉우리마다 날고

부적 같은 저녁놀 설 때까지

닳고 닳도록 쓰다듬는 바위엔

봄 피맺히었다

어느 곳 향하여 가리오

주인 잃은 저녁 달구지 하나

피냄새에 고여 구르고

아, 밤 지나면 앞산 송홧가루도

피의 오향五香을 발라

이 마을 봄볕도 낭자하리라

영동시嶺東詩

어별魚鼈이 물 바라 뛰는 바다 위에서
지나온 젊음을 떨었도다
통치마 입은 옥계玉溪 폐광廢鑛 처녀들
아무도 밝힐 수 없는 곳으로
남의 노래를 부르며 지화자 사라져가고
그 뒷물한 물 버려진 들에는
앓는 어둠만 깔렸도다
어지럽게 어지럽게 어지럽게
우리가 엎드려 누운
이 암야暗夜의 끝에는
누구의 손길이 닿아 있는 것인가

버들잎

묵은 버들잎 뒤집혀 늪으로 날고

온밤 뜬눈으로 지샌 너의

검붉은 깊은 숨

갈라져 쇳소리 내며

버들잎 타고 날아

지름길로 잊혀져간다

사라져가는 것의

불같은 몸짓이 버드나무에 피워내는

여릿여릿한

새 버들잎 육괴肉塊 하나!

동경銅鏡 속에 담겨 있는 어느 피리 소리

왼 하늘이 죽순 속같이 좁아들어와

별로 없이 달도 없이

사라진 사람의 그을음만으로

찼을 때 그대

죽순 속 같은 밤을

잊기 위해서는

그 죽순에다 한없는 숨을 내쉰다

혀 없는 건곤乾坤에 혀를 달고

굶주림 없이는 얻지 못할

고인 달빛과 같은 소리를

고이지 않게 허공으로 딸려 보낸다

가물가물 동경銅鏡 속에서조차 사라진

처자處子의 뒤, 구렁 속으로……

예나제나 소리 없음은 소리 있음보다

절대 가혹하다

이별가

그대의 분홍빛 살 같은 밤
금琴을 켜는 자
외홀로 뒤곁에 살아남아
축축이 젖어가는가
애를 끊고 끊어
달빛의 긴 몸에 널어놓으며
지겹게 길게 살아계신가

봄날 하루는

요망妖妄한 아지랑이 사이로

내 청춘의 비루먹은 말(馬)

조차

가물가물 사라져버리는

이 봄날 하루는

일 년 중 가장 늙은 하루

홀로 눈물짓는 이 비록 있다면

그 중심에 멀리멀리 걸어 들어가

한 글피쯤 죽을 목숨으로

풋꽃에도 만취하는 수를

서로 나눠야겠지

아무 데서고 가볍게

스스로를 떠날

묘방을 배워야겠지

어둠의 낙樂

밤새 접동새 우닐어

마지막 구황救荒으로 청한 잠

스스로를 차마 못 거들떠보는 선잠

위에

다시 한세상을 붓는다

눈물 뒤범벅 땀 뒤범벅 노래 뒤범벅

비로소 핏빛에서 요조窈窕한

보릿고개 밤아

이승과 저승이 자웅을 갖추고

멋모르고 노니는 너의 어둠

새삼 퍼덕이는

또 한세상을

이제는 핏빛으로 섬겨야 하리

짧은 넋

길게 헤맨다
그믐밤 비탈의 사잇길로
헛디뎌 아득히 불려 간다
이미 이 넋으론
모래 한 알 흥건히 적실 수 없고
삼(麻) 한 올 삼을 수 없으리니
헤매는 길의 말미에서는
오직 끝만이 밝아오고
비바람조차 되치지 않는다
헤매어 달래는 무거운 넋의 자락은
온 바닥에 끌려 닳는다

꿈

되돌아 누워 추상秋霜 같은 꿈의
단근질을 받노니
고요히 사라지는 것은 여기 괴롭고
단근질의 사이사이 먹하늘
드높이 흰나비 노랑나비 범나비도
죽어서 날아든다
흙 한 줌 구름 한 점에도
풋정을 두고 떠나 병兵처럼
겁 없이 뒤척이며
몸을 맡긴다
먼동이 틀 때면 새 삶을 패용佩用하리니
삶의 꿈 상감象嵌이여

그 후

웃으며 있는다
비통하지 않아야 하는 그대
홀로 속절없이 애달픈 밤이
온몸에 왜 잦아들며
잦아들매 온몸을 오랏줄로 동일 때
그중 빠르지 못한 웃음은
그만 녹슬어버리고
제 것이 아닌 웃음이
흐르는 밖에는 뜰 가득
굳어가는 하현 달빛의 푸념
그러나 몇 해고 몇 해고
굽이치는 몸으로 있는다

선유船遊

어둠의 뱃전에 나와
곤히 엎어져 쓰러져 있는
멀고 먼 네 뒤를 보라
지금 물결은 잔잔해
만유萬有의 복숭아뼈께 너울대건만
고물과 이물은 또 지나치게
오르내린다
한번 잠들지 못한 것은
땅도 하늘도 다 오르내리며
저 멀리 물러나려는 것이다
밝음의 태胎를 얻기 위하여
지극한 괴로움을 얻기 위하여

봄의 들녘에서

가까운 하늘에 남긴 이야기가
먼 하늘까지 가는 동안
먼 하늘 끝간 데까지 가서
종달새 소리의 뒤편에
금빛 기지개를 켤 동안,
이 삶은 예서 끝나고
다음 삶을 기다릴 동안,
나는 오직 바라만 보리
나를 죄짓게 하고
저 이랑 사이로 달려간 무리들
새들, 바람들, 햇빛들,
이마에 영글어간 땀방울들……
사赦함을 받을 동안 나는
아무 사랑 모르리
아무 원怨 모르리

청맹과니에게

늦철쭉 아래 어린 구렁이
울 듯한 저녁 어스름
십 리 밖까지 샅샅이 더듬어가도
여문 낟알은 한 낟 못 따도다
그르치고 그르쳐 모두 버리고
내 청맹과니 시절의 헛된
봄(視)만 가득 차오르는
이 한때를 위해
나는 늙도록 젊어 있었는가
온몸 땀으로 적시며
남아 있는 빈 들을 향해
말없이 벼를 일이로다

풀무

저마다 하나씩 풀무질을 하네
나뭇잎의 푸른 풀무
돌의 딱딱한 풀무
지는 해의 마지막 풀무질인 노을
어머니의 살(肉)로부터 가장 멀리 가기 위하여
술에 젖어 이 풀무의 손잡이를
내 문득 움켜잡노니
짧은 봄볕과 함께 사라진
저 승마升麻 꽃빛 여린 서른 해를
매인 마소의 눈을 빌어 정正히 보노니
씩씩거리는 풀무 바람으로
추醜한 뜨뜻한 몸을 식히노니

하늘가에 몰래

버림받은 자 하나이
켜는 제 가죽의 해금 소리
누룩빛으로 물들어가는 황혼 아래
눈먼 골육의 그림자를 던진다
바다에서도 뭍에서도
이름 없는 뫼에서도 쫓겨나
홀로 돌로서 굳어져가며
맨살 땅에 끌리이는 깡깡이 소리
멀리 뭇 발길 못 닿는
궁벽한 하늘가에 몰래 나아가
자기 것을 자기가 부르는 긴 외마디
배웅해 보내고 있다

재(灰)

심장을 잿더미로 덮은 후
가서 맞으리
불타는 치정에 황토흙마저
불바람 속에 이글거리며
부르면 부르는 대로
가리키면 가리키는 대로
내 것이 되는 배고픔
새로 내민 여린 풀잎 순에도
핏물 든 어룡魚龍 모습 어리고
비명을 지르며 트이는 먼동의
사자 갈기 같은 하늘 갈래
불바람의 길 열린다
열림으로 새로운 잿더미를 얻으리

만남

검은 배암의 눈빛 같은 별빛만
뒤에 딸리고 온
이 두절된 마을을 눈비 홀로 치도다
머리끝에서 발끝까지 붉으락푸르락
꽃피듯 피 뒤집히며 내
홀몸으로 왔을 뿐
버릴 수 없어 긴 몇 날마다
저미고 저미던 속정은
비로소 눈비를 즐기며
상처 난 굶주림의 보람에 취하여
원수怨讐로서 늙고 있으리니
오, 죽음보다도 어둠보다도 더 악랄한
하나의 만남!

가객歌客

지금의 비가悲歌는 누구의 것이뇨

괴로움이 네 상아 살결과 같이

매끄럽기를 기다렸거늘

기다리고 기다려

떠나가는 곶(串) 너머 배를 위해

부르짖는 비가 한 소리,

술 한 통을 얻었도다

복숭아꽃 같은 옛일은 모두 잊겠거니

가객이여

나타나지 않은 것이 아름다울 때까지

꿈꾸던 슬픔의 흰 얼굴을 덮으며

추醜함은 아낄 때까지

내 것 모두 잊겠거니

지금 비가는 누구의 살점을 저며

이리 고운 것이뇨

사랑의 바닥

이 거망빛 사랑의 바닥
아무도 갈 수 없도다
죽부竹部로도 포부匏部로도 어떤 부部의 소리로도
가볼 수 없도다
오직 없는 것을 밝히려는 내
갓 피어난 꽃 몸짓
죽음을 하늘하늘 얇은 하늘에 나부끼며
홀로 있을 뿐
갈 수 없는 곳에 가기 위하여
이제 잊어야 하리로다
붉은 입술을 바위에 비벼
캄캄히 바위 속에 잊으리로다

불행한 피

나로 말미암아 지천인 것 어이하리
불행한 피여
네 속에
천년을 뚫고 가던 한 노랫소리
괴어 있는가
늦가을비 되어 상수리나무 윗가지를 적시다가
님의 발등에 뚝뚝 떨어지는
눈물이 된
옛 노래자이(歌尺)의 외마디소리
어이하리, 쫓기고 쫓기어
네 속에 푸르게 떨고 있는가

지난겨울

지난겨울 까마귀 울던 하늘이 이 봄 뻐꾸기 우는 하늘로 맞바뀐 것이

살 터지고 뼈마디 으깨지는 일에

다름아닌 사람 있겠지요

눈 덮인 이웃 마을을 지난 웬 저승까지 흘러갔다가

두견화 한 송이로 넋 피는 사람의 일이나,

눈부신 것 다 사라진 그믐 밤길의 소리 죽인 눈물이듯

그림자도 노래도 없는 캄캄한 캄캄한 일 모두

지난겨울 그대 젖은 눈시울을 가리고 온 강산을 가린

눈보라 아래서 차마 비롯된 것임을

겨울 한참 지난 뒤 한결 알 사람 있겠지요

응달에서 · 상上

꽃 지는 골짝마다 너를 만나마

손에 돌도끼라도 갈아쥐고

빈 흙집도 없는 골짝 외딴 응달

뻐꾸기 울음이 지어놓은 응달까지 내달아

샅샅이 만나 얽히고설키마

외넋이 외로 된 바를 즐겨

외다리로 뜀을 뛰마

너 묻힌 등성이 뒤 돌밭에

쇤 풀같이 쇤 눈길로

위아랫 마을을 기웃거리며

오래전에 죽은 기러기 신음 없듯이

늙도록 신음 없이 걸식하마

응달에서 · 하下

눈 온 날 밤을 도와 찾아간 정 깊은 그 님
온 산 온 내 지나 그때
나는 수박희手搏戲로 단련된 용龍몸이로다
바위벽에 차게 기대어
소리 죽여 울던 남의 여자여
이 땅에서 바라보이는 가장 아득한 곳으로
떠나갈 때 비록 말하리로다
흰 박쥐 떼처럼 어지러운 눈발 속
지금 보아선 맹렬히 잊히겠거니
가장 아득한 눈물, 아득한 꿈, 아득한 신세
닥칠 때 비로소 참말 하리로다
뭇룡龍이여

홀로 새로이

밤하늘 가득 짐鴆새 날아와 퍼덕이며
네 아비의, 아비의 아비의
웬 하루를 거느리노니
처 여의고 뙤약볕 밑에 열띠어 맴돌던
짚신짝 냄새의 그 아비
불들 것 없어
먼 바닷바람 가닥에 종적 감추고
짜디짠 뙤약볕을 뵈온 아비
식은 땀 지금은 돌소금이 되었는가
꿈으로 꾸몄던 하루가 백 년이 되고
백 년이 안개 속에 막 사라지고
해로한 사람들 다 가면
눈 비비고 옹근 하루를 맞아
홀로 새로이 늙으리라

헌 뼛속에나마

그 새벽 병兵 되어 안 온 아이
지금 세상 죽음 어둠에 힘찬 살바를 걸고
네가 어디로 당기고 있느냐
묵은 재 속에 파묻어 내 이미 잊은 노래로
한없이 당기고 당겨
꽃피지 못한 외진 골 처녀의
뜻 없는 눈짓 메아리 한 자락과
죽기로 물물교환할 때
어미새 날고
큰 바다 일고
철 뛰는 것, 어느 하나라도 내 두둔하여보리
아무도 없는 상수리나무 밑 끝길
몇 리는 걸어
이 헌 뼛속에나마 굳게 가두리
스스로 마침내 비참해지리

머리

허물어진 그 물레방앗간 옆

개울을 향한 비탈에 무안한 듯

불편하게 놓여 있던 머리

생시生時에 춘 춤과 부른 노래 모두 잇댄 누더기 한 장

값진 것 없는 봇짐 곁에 개켜놓고

영嶺 너머 두고 온 여윈 처자에게

전할 몇 마디 말도

타다 남은 관솔 마디같이 버려두고

못난 이름 물소리가 부르는 것을

바람 소리 가볍게 답하는 것을

무척 엿듣고 있었구나

누구의 머리였던가?

으악!

홀로 가는 사람

별님의 독창獨唱은 이 세상의 나뭇잎 사이에
와서 한없이 갇혀 있습니다
나무를 흔들면
그러나 독창이 되지는 않고
날개 안 달린 무거운 새가 되어
어려운 발길을 가진 세상 남녀의
발 앞에 툭 떨어져버립니다
그러길래
가고 싶은 사람 다 함부로 간 뒤에
재(灰)도 그 강 물결도 다 사라진 뒤에
겁 많은 사랑하는 사람은
스스로 독창이 됩니다
아무 소리도 들리지 않는 곳에
깊이 들어가는 도적盜賊이 됩니다

벼랑

어두운 바닷가 벼랑 위에 무릎을 꿇고
지난 생生은 벼랑에 걸어놓는다
이 벼랑 이제는 남의 것일 뿐이다
할머니가 된 옛 아가씨들의 것
이미 촉루髑髏가 된 사내들의 것
남의 것이므로 안타깝지 않다
늘 다른 벼랑으로 가기 위해
한 마리 늑대 되어 그 검은 참나무 숲을
아프게 아프게 지났었으나
지나다 나는 사랑했었으나
이미 촉루가 되려 한다
사라진 모든 것들 뒤에
마지막 배냇병신으로 남았던 꽃 한 송이
마저 지는 벼랑 위
구름도 황겁히 지고 있다

검객

떡갈나무의 질긴 잎사귀들

지옥으로 날리는 해거름이면

등에 멘 검은 어디다 놓으리

주린 아이들 앵무의 부리로

고개 넘어 빈 창자로 울며

검은 눈 하늘 그물에 얽히는

날이면 날마다

말하지 말고 바라보지 말고 깨우지 말고

다만 향기에 눕혀주리니

검 놓을 곳도 그 향기의

골짜기 밑

아무도 모를 무서운 사랑 밑

백부百部 꽃잎의 기침 소리

백부 꽃잎에서 나는 기침 소리를
한 며느리와 사위가 듣고 있기를
몇 년인가,
백부 뿌리 달인 국물에서 나는 기침 소리를
듣고 있기를 몇 년
빈 들 위에 흰 구름이 흐르고
그 뒤에는 우리가 오래 씹었던 풀뿌리
모양의 정든 고향
초근목피와 속삭여 있으랴 어지러운 머리
젊음을 불태워 잊으랴 깊은 눈물
어즈버 초근목피여

너의 흔적

이 불볕이 내리는 길 위에
너를 만나기 위하여 섰으되
모두들 무엇이 네 흔적이라고
말하지 않기 때문에
길옆에 우두커니 너의 옛 무용舞踊에 취하노니
네가 날리고 간 옷자락에서 인 바람 소리
나뭇잎사귀를 뒤집다가
잎사귀 위의 무당벌레들을 뒤집다가
먼 산의 푸른 메아리로 되살아나도
이제 불볕을 벗 삼고 캄캄함을 벗 삼는
눈먼 나에겐 이미 없는 일이다!
어떤 말도 무인無人의 굶주림으로만 닿노니
아무도 모르는 곳으로 떠나는 마당에
피 흘리는 사랑을 남기려는
철부지들, 영원히 안녕!

인동忍冬무늬

내 어느 날 네 몸에 그려준 인동무늬
사랑과 죽음을 시간의 틀에 엮어
머리끝에서 발끝까지 가득 그려준
소리 없는 인동무늬
허공마다 온몸으로 떠오른다
캄캄한 그믐밤길 홀로 걸어 그곳에 가
소리 없는 인동무늬에 원성을 줄 때까지
죽음에 입맞춤하고
작은 여뀌 잎사귀라도 되어
내 너를 맞을 수 있을 때까지
이 육괴肉塊를 잊으리로다

매를 기억함

이 하늘에 떠 있던 매(鷹)를 좇아
맑은 열명길에 섰도다
뒷걸음질 쳐 사라진 남녀는
지녔던 공후箜篌도 생황笙簧도 소금 끼얹은 주먹밥도
무거워서 버리고
몸이 무겁자 몸까지도 버리고
매의 하늘 자취로 숨어간 것을
이 들에 지는 놀 있기는 있어
퍼덕퍼덕퍼덕 맹금猛禽의 날개로 애송愛誦하도다
어느 날에 다시 와
열효烈孝를 다할꼬, 이녁이여

삔 발목

어둠 덮인 들 이쪽으로 헤어져

아무 비밀 없이 멀어져왔다

소리 죽여 차가워지는 밤을 위해서는

사라지는 일이 정이 들고

캄캄한 들을 위해서는

하나의 실패한 인간도 지름길이 되는 것

비탈마다 야속한 삶

에게 웃음을 주다 마네

삔 발목에게 선녀를 한 마리씩 주다 마네

다만 잠들 곳을 찾아

어둠 덮인 들 쪽으로 헤어져

다 잊어버리고 왔음을

그러나 나를 말할 수 없다

말 않기로 한다

앵무새

사람의 말을 흉내 내라고 뿌려주는 서속黍粟 몇 알
몸을 맡기고 쪼아 먹는다
참새 들새 멧새 다 서속을 쪼건만
일부러 기르지는 않는다
아름답지도 않고 짹짹짹 울 뿐임이니
어진 뜻 사람의 슬기여
기나긴 겯밤 겹낮에 제 가락은 달아나고
목에는 갈라진 대(竹) 소리만 남았으되
새가 듣고 쥐가 듣는다는 여깃 말
부리에 혀 비벼 흉내 내놋다
바람같이 와서 바람같이 가는 한때 삶놀이를
너희 오늘도 안녕하냐?
맞이름 불러 서로 몸에 꽃피우느냐?

철새와 함께

아무 말도 떠오르지 않는다
달밤 하늘을 슬로비디오처럼 떠가는 오리(鴨) 떼
빈 가슴에 부딪쳐
이 강산의 빈 곳으로 울려퍼지고
들에는 사장死藏된 울음이
땅 밑에서 죽음을 믿지 않고 있다
견딜 수 없이 멀리 있는 나그네들이
걸어가다 남긴 몇 마장의
이젠 아무도 갈 수 없는 길조차
보금자리 없는 날짐승의 그림자에 가려
더욱 흐리고 아득하게 감추인다
말없이 바라보는 이 눈매에
왼쪽 날개가 약한 오리의 왼쪽 날개 소리
달빛을 흔들며 저며 오고 있다

성수星宿

슬픔을 잃을 때나 기쁨을 잃을 때나
내 별은 빛을 뿜었지
밤마다 값싼 술로
눈과 귀를 잠재우고
더러워진 넋을 오로지 별에게 묻나니
헤매어 해어진 이 영육靈肉은
어느 기슭에 깃들어 쉬어 갈 수 있으리
오늘의 천지는 나와는 따로이
가없이 멀어져가고
어둠을 집으로 내 홀로 있나니
병들어 빛나는 별빛을 나의 빛으로
이 몸 버려진 광야를 사랑할지라
수(宿)여, 수(宿)여

해설

캄캄한 세계 속에서의 완강함

—윤후명의 시

김종철(문학평론가 · 현 《녹색평론》 발행)

이 책에 실린 작품들은 대략 십 년에 걸친 윤후명의 시적 노력의 결과이다. 시인 자신으로서는 첫 번째의 시집이 되는 이 책에서 얼른 확인할 수 있는 사실의 하나는 그의 시가 처음부터 최근작에 이르기까지 일반적인 주제와 언어적 구조에 있어서 거의 한결 같다는 점일 것이다. 적어도 내가 보기에, 거기에는 어떠한 종류의 것이건 거의 아무런 근본적인 변화의 자취가 있는 것 같지가 않다. 그렇게 짧은 기간이라고는 할 수 없는 이 시인의 시작詩作 경험의 연륜을 생각하면, 이러한 사실은 조금 놀라운 일처럼 느껴진다. 여기서 무엇보다도 이러한 사실을 지적하는 것은, 윤후명의 시가 포함할 수 있는 어떤 약점을 암시하기 위해서가 아니다. 도리어 그것은 이 시인의 시적 노력을 통관하여 알아볼 수 있는 어떤 지배적인 경향—그의 시의 두드러진 특성을 짐작하기 위해서이다. 시인 윤후명의 지금까지의 시적 경력의 전체적 과정에서 드러나는바, 태도와 수법에 있어서의 시종 일관함은 그의 작품 거의 매 편에 함축되어 있는 어떤 정신적 경향의 완강함에 밀접히 연관되어 있는 것처럼 보인다. 그러면 이것은 과연 구체적으로 어떠한 완강함인가? 그리고 그러한 완강함은 이 시인 자신의 시적 세계의 질서 안에서 어떤 몫을 차지하는가? 또, 그것은 나아가 우리들의 일반적인 삶이라는 보다 큰 테두리에 관련하여 어떤 의미를 가지는 것으로 이해될 수 있는가? 이러한 몇 가지의 질문이 당연히 제기될 수 있을 것이다. 그러나 이러한 질문에 성급한 대답을 내리기 위한 시도를 시작하기 전에 우리는 이 책에 실린 작품들에 대한 독자 자신의 인상을 거칠게나마 일단 정리해볼 필요가 있다.

다른 시인들의 경우에도 결국 마찬가지이겠지만, 윤후명의 시를 읽어감에 따라 우리의 주목을 끄는 것은 그가 자신의 목적을 위하여 즐겨 구사하고 있는 언어의 종류와 그것의 용법이다. 시인에게 있어서 언어의 선택은 물론 명백히 자신의 시적 설계를 위한 의도적인 선택일 테지만, 그러나 벌써 이러한 의도적인 선택의 과정 자체에는 시인 자신의 주관적인 의사로서도 통제하기 어려운 근원적인 요소들이 복합적으로 작용하는 것이 틀림없을 것이다. 우리가 그러한 근원적인 요소들을 시인의 기질이라고 부르건 정서적 태도라고 부르건 또 달리 어떻게 지칭하든지, 그러한 근본적인 작용이 매우 강력하고 깊게 개입한다는 사실에는 변함이 없을 것이다. 이러한 의미에서 시인에게 있어서 언어의 선택은 능동적이고 주체적인 시인 자신의 주관적인 의지의 반영이면서 동시에 그의 기질이나 정서적 태도 또는 심리적 성향이 형성하는 언어적 습관의 산물이기도 한 것이다. 여기서 언어적 습관에 언급하는 것은, 이 언어 습관은 근본적으로 결부되어 있는 정서적 태도로 말미암아 시인이 주제를 고르고 주제에 반응하는 데 일정한 규제를 가한다고 믿어지기 때문이다. 요컨대, 한 시인의 언어적 특성은 시인 자신의 사물을 바라보고 느끼는 일에 일정한 틀과 방식을 마련해준다.

윤후명의 시에는 오늘날의 일반 독자들의 대부 분에는 극히 낯설거나 일상적으로 친숙치 않은 어휘가 빈번히 사용되고 있다. 가령, 공규空閨·격검擊劍·수신瘦信·만강滿腔 등의 요즘은 잘 쓰여지지 않는 상당수의 한자말이 간단없이 등장하고 있는 것도 그렇고, 또 "서리서리 몸서리치는"이라든지 "산지니 수지니 해동청海東青 보라매" 또는 "두서너 갈피의/모란 꽃잎 헤매다 헤매다/만난 남녀로서/접接해져가는 하룻밤" 등의 구절에 포함된 구투의 말씨가 그러하다. 물론 이러한 어휘나 말씨를 따로 떼어놓고 보는 일에 앞서서 그것들이 해당 문맥에서, 그리고 시 전체의 상황에서 실제로 쓰여지는 방식에 주목해야 할 것이지만, 그러나 일단 이 시인에게는 이미 습관이 되어버린 듯한 고전적인 언어에의 기호에 언급하는 것만으로써도 우리는 윤후명의 시가 현실로서는 과거적인 세계에 토대를 두고 있다는 짐작을 해볼 수 있다. 고전적인 어휘와 말씨에 대한 윤후명의 애착은 일단 그것 자체만으로 볼 때에는 이미 지나간 세계의 한국인의 현실을 하는 데 오히려 적합한 것이라고 볼 수 있다는 것이다.

이것과 관련하여 또 하나 주목할 수 있는 것은, 이 시인의 시에서는 일반적으로 일상적인 언어의 규범적·문법적 질서가 무시되거나 파괴되고 있다는 사실이다. 가령, "못 먹을 추억"이라든지 "두려움을 애걸함"이라든지 또는 "침묵이 부리는 검은 하늘" 등의 표현이 허다하게 나타나고 있는데, 이것을 우리가 어떤 현대적인 시에서나 자주 볼 수 있는 시적 비유라고 해석하면 간단한 일이기는 하지만 그러나 그러한 비유가 사용되는 정도와 그 비유들이 공통하게 드러내는 어떤 경향에 있어서 윤후명의 그러한 비일상적·비문법적 표현들은 가볍게 지나쳐버릴 수 있는 것처럼 보인다. 여기서 우선 간단하게나마 지적할 수 있는 것은, 윤후명의 비일상적이거나 비문법적 특이한 표현들이 기초하고 있는 것은 많은 경우에 있어서 일상적인 문법의 질서를 파괴하려는 고의적인 동기가 아니라 그 자신의 시적 세계의 본질을 이루는 어떤 태도 또는 관점일 것이라는 사실이다. 많은 경우에 있어서 일상적인 문법의 질서를 파괴하려는 고의적인 동기가 아니라 그 자신의 시적 세계의 본질을 이루는 어떤 태도 또는 관점일 것이라는 사실이다. 이 시인의 사물을 바라보고 느끼는 근본적인 태도는 단적으로 말하면 심정적인 것이라고 할 수 있다. 조금 앞에서 예를 든 표현들도 그렇지만, 가령 "비명을 지르며 트이는 먼동"이라든지 "밤은 저 영봉靈峰에 땀을 흘리며"라든지 또는 "구름도 황겁히 지고 있다"라는 그의 시에서 흔하게 보이는 이러한 표현들은, 사람과 사람, 사람과 사물, 그리고 사물과 사물 사이에서 심정적인 유대를 지각함으로써 가능한 것이다. 인간과 자연 사이의 관계가 근본적으로 무관심하고 냉정한 관계가 아니라 적의든 호의든 하여튼 정감적인 관계를 맺고 있다고 믿는 것은 신화적 세계관에서 지배적인 것이고, 또 이런 의미에서의 신화적 세계관은 모든 시적 사고의 본질에 내재하고 있는 것이다. 그러면서도 우리가 이러한, 세계의 심정적 관계에 대한 인식의 표현으로서 윤후명의 언어적 특징에 주목하는 것은, 이 시인에게 있어서는 그러한 관점이 보다 분명하고 보다 두드러지며 그런 만큼 그의 시적 노력의 핵심에 관계하는 것으로 보이기 때문이다.

극히 피상적인 수준에서나마 우리는 윤후명 시의 스타일에 드러나는 언어적 특성에 언급했는데, 벌써 여기에서 암시된 것처럼 그의 시가 주로 다루고 또 겨냥하는 세계는 우리들의 비근한 경험적 현실과는 조금 차원이 다른 세계이다. 조금 포괄적이고 그래서 얼마간 막연한 규정이긴 하지만, 우리가 윤후명의 시가 주로 관계하는 세계를 규정한다면 그것은 일정의 한恨의 세계라고 할 수 있다.

> 야반도주한 사노私奴를 따라
> 숨어숨어 갔던 구름 한 점
> 타향 가을 하늘가에 떠온다
> 비껴온 모래톱의 궁휼한 모래알 빛
> 그 죄罪빛 속에는
> 모진 구렁마다 불태우던
> 생솔가지 연기 자욱하고
> 모두 보내고 제 목숨도 보내고
> 헐벗은 아낙의 두 눈마저 보낸
> 사랑과 죽음의 광절曠闕 속에는
> 웅크린 날의 승냥이 울음소리
> 아, 세피아빛 승냥이 울음소리
>
> —〈울음소리〉 전문

가령 위의 시와 같은 곳에 압축되어 있는 어둡고 슬픈 삶의 경험, 그리고 그러한 경험에 대한 감각과 인식이 드러나는 시적 표현 방식은 우리가 흔히 이야기하는 한의 세계와 한의 체험에 토대를 두고 있는 것이라고 할 수 있다. 그리고 여기서 주목해야 할 것은, "야반도주한 사노"라든지 "타향 가을 하늘"과 같은 어구가 그것들 자체로는 어떤 구체적인 인생경험의 항목들을 암시하는 것처럼 느껴지는 것이지만, 이 시 속에는 실제로 어떤 구체적인 경험에 상관없이 다분히 어떤 종류의 정서적인 효과를 환기하는 데 이바지하고 있다는 점이다. 이러한 점은 윤후명의 시 전체에 해당되는 것이라고 할 수 있는데, 이 시인은 어떤 대상이나 경험을 리얼리스틱하게 드러내는 일에는 관심이 없고 일반적인 체험 전체에 대한 자기 나름의 포괄적인 정서적 반응을 표현하는 일에 열중하고 있다. 그리고 시인의 정서적 반응에서 가장 현저한 태도가 한의 감정에 혈연을 맺고 있다는 것이다. 시인 자신은 어떻게 생각하고 있는지 알 수 없으나, 우리가 윤후명의 기본적인 시적 감정이 한이라고 이야기하는 것은 가령 〈외지外誌〉라는 그의 시 한 편을 읽어볼 때 확실해진다.

〈TIME〉지는 모르리
몸 둘 바 모를 슬픔의 중중모리를
아예 모르리
아으, 하고 넘어가는 아홉 고비를
낭군 찾아 거북고개 넘어
가고 가는 그대를 모르리
(……)

갓 핀 치자꽃 냄새의 〈TIME〉지는

우리네 흐르는 혼이

막히고 뚫고 만나고 떠남을

알지 못하리

허공을 모르리 처음부터

시인은 여기서 외지外誌로서 대표되는 어떤 국외자도 실감으로 느끼지 못하고 또 알 수도 없는 한국인의 생활 경험의 기본적인 성질을 말하고 있고, 그리고 이것을 '허공'이라고 규정하고 있는데, 사실 이것은 한마디의 말로 규정하려 들 때 허공이라는 단어 이외의 것으로 규정하기 어려운 것인지도 모른다. 그것은 공통한 역사적 경험과 공통한 문화적 전승을 토대로 하여 살고 있는 사람들 사이에서 이미 논리적인 이해나 설명 이전에 함께 나누고 공명하는 근원적인 체험의 현실성일 것인데, 시 〈외지〉의 배후에 감추어진 시인의 생각으로는 그러한 근원적인 체험의 현실성일이야말로 비록 분명하게 드러나는 것은 아니지만 우리의 삶의 알맹이를 이루고 또 가장 기본적으로 이야기되어야 할 주제이다. 어떻게 생각하면, 이미 윤후명 자신의 언어가 과거적인 세계의 삶에 접근하는 데 도리어 적절한 것일지도 모른다는 인상을 주는 것처럼, 그의 시적 노력의 거의 전체에 걸쳐 끈질기게 다루어지고 있는 한의 경험은, 오늘날 적지 않은 사람들에게 이미 시

효를 잃은 그리고 별반 호소력 없는 주장일지도 모른다. 그러나 조금 달리 생각해보면, '좌절된 욕망'이라는 보편적이고 거듭된 경험을 통하여 많은 한국인들에게 있어서 '피할 수 없는 숙명'으로 나타난 한은 우리들의 주관적인 의사에 상관없이 여전히 깊이 우리 자신의 근원적인 감정의 일부를 이루고 있는 것인지도 모른다. 이것은 가령 윤후명의 시가 무엇보다도 우리들에게 불러일으키는 감동의 직접성에서도 확인될 수 있다.

윤후명이 파악하는 한의 세계에서는 아무런 갱생의 기운이 나타나지 않는다. 그 세계는 너무나 깊은 절망과 허무에 잠겨 있고 모든 것은 거의 완전한 숙명에 의해 운행될 뿐이다. 그것은 "황진黃塵에 뒤덮인 땅"이며 "지난가을 갔던 액厄이 또 온다/심산深山에 동지섣달 다 누웠다가/때 아닌 봄눈을 몰고/캄캄히도 온다"는 곳이다. 그러나 이러한 세계에서 문자 그대로 아무런 일이 일어나지 않는 것은 아니다. 한이라는 감정 자체가 이미 그것에 앞선 욕망을 전제로 하고 있는 것이다. 그것이 비록 숙명적인 좌절의 공간일지라도 윤후명의 시 세계의 주인공들인 사람과 자연은 끊임없이 움직인다. 그들은 소망을 가지고 있고 그들의 터전이 좌절을 강요하는 숙명적인 비참의 세계인 만큼 그들의 소망은 더욱 가열하다. 가령, 윤후명의 시적 표현 가운데 비교적 자주 등장되는 '피' 같은 이미지는 그러한 소망과 좌절의 깊이를 암시하는 것처럼 보인다.

얼마나 오래 불러야 하리오

(……)

닳고 닳도록 쓰다듬는 바위엔

봄 피 맺히었다

—〈먼 길〉

반달곰은 죽어 산간 처녀의

겉옷이 되고 그

채 안 마른 핏자국에서

욕망은 펄펄 끓어난다

—〈큰 산의 노래 8〉

그런데, 앞에서 잠시 언급하였지만, 윤후명의 시 세계에 있어서는 사물이나 자연도 감정을 지니고 있는 존재로서 파악되어 있는데 이것은 한이라는 정서적 태도 자체가 근본적으로 주정적主情的인 세계 이해의 방식의 소산이라는 사실을 상기할 때 당연한 것으로 여겨진다. 시인은 "사람만 보면 불타오르는/애숭이 자연의 가여움!"(《선운仙韻》)이라는 표현을 통하여 이러한 사정을 직설적으로 드러내고 있지만, 반드시 직접적인 언급이 아니더라도 그 자신의 시적 비유 자체의 성질을 통하여 계속적으로 보이고 있는 것이기도 하다. 이렇게 볼 때에, 가령 "앞산 송홧가루도/피의 오향五香을 발라" "사자 갈기 같은 하늘" 등 얼른 보아서 단순한 수사로 읽힐 수도 있음 직한 많은 비슷한 표현들은 사실상 윤후명 자신의 주제에 관련하여 의미 있는 함축을 지닌 것이라고 해야 할 것이다.

지금까지 우리는 시인 윤후명의 주제와 그러한 주제에 근원적으로 결부된 그의 정서적 태도가 한국인의 보편적인 생활 감정으로 이야기되어온 한의 감정에 밀착해 있다고 말했는데, 그러나 윤후명의 시인으로서의 진정성은 그가 단순히 어떤 보편적인 정서를 주로 건드리고 있다는 데 있지 않고 그러한 정서에의 관심에서 보여지는바 철저한 태도에 있다고 말할 수 있다. 세계를 바라보는 윤후명의 시선은 대단히 비판적이다. 그러나 그는 한의 정서를 다루는 많은 다른 시인들의 경우에 아주 흔하게 나타나는 것과 같은 감상적이거나 채념적인 태도에 머무르지 않는다. 윤후명의 진정한 특성은, 어떤 종류의 것이건 결코 환상적인 희망이나 헛된 기대를 가지지 않는다는 점이며 무엇보다도 그가 파악한바 세계의 비관적인 존재 방식을 있는 그대로 수락하고 긍정한다는 점에 있다. 아마도 우리가 이 시인의 시를 읽을 때 받는 감명은 대부분 한 편 한 편의 개별적인 작품의 시적 성공에 의해서라기보다는 차라리 모든 작품을 통하여 일관하는 시인의 철저한 태도에 말미암는 것일지도 모른다. 시인은 "껴안았다가 풀어주는 이승의 소박은/덧없어라" 또는 "바람같이 와서 바람같이 가는 한때 삶놀이"라고 말함으로써 인생에 대한 어떤 고집이나 이상론이 틈입할 여지를 미리 제기한다. 그러나 여기서 강조해야 할 것은, 이러한 시인의 발언이 결코 어떤 달관된 인생관의 표명은 아니라는 사실이다. 윤후명의 시의 메시지는 인생에 대한 달관을 이야기하려는 것으로부터는 대단히 거리가 멀다. 그렇기는커녕 그의 시에서 지배적인 음조는 언제나 비탄이며 쓰라림인 것이다.

> 길게 해맨다
> 그믐밤 비탈의 사잇길로
> 헛디뎌 아득히 불려 간다
> 이미 이 넋으론
> 모래 한 알 흥건히 적실 수 없고
> 삼麻 한 올 삼을 수 없으리니
>
> —〈짧은 넋〉

이러한 대목에 포함된 허무주의 내지는 무위에 대한 감각—이것이 그의 시에 있어서 지배적인 경향인데, 윤후명의 강점은 이러한 경향이 그의 시에서 조금도 약화되지 않고 끈질기게 또 철저하게 추구되고 있다는 데 있다.

위와 같은 의미에서의 완강성頑强性은 시인으로 하여금 한스러운 세계를 있는 그대로 받아들이게 할 뿐만 아니라 나아가서는 비극적인 극기克己라는 태도로 발전하여 하나의 적극적인 가치를 마련하게 한다.

꽃 지는 골짝마다 너를 만나마
손에 돌도끼라도 갈아쥐고
빈 흙집도 없는 골짝 외딴 응달
뻐꾸기 울음이 지어놓은 응달까지 내달아
샅샅이 만나 얽히고설키마
외넋이 외로 된 바를 즐겨
외다리로 뜀을 뛰마
너 묻힌 등성이 뒤 돌밭에
쉰 풀같이 쉰 눈길로
위아랫 마을을 기웃거리며
오래전에 죽은 기러기 신음 없듯이
늙도록 신음 없이 걸식하마

—〈응달에서·상上〉 전문

여기서 가령 "늙도록 신음없이 걸식하마"와 같은 끝 구절은 "이 헌 뺏속에나마 굳게 가두리/스스로 마침내 비참해지리"(〈헌 뺏속에나마〉)와 같은, 다른 시 구절과 마찬가지로 처절할 정도의 자기

극기의 자세를 드러내고 있다. 이러한 극기의 강도 속에 가장 선명하게 압축된 정신의 완강성이야말로 윤후명의 시를 진정한 것으로 만드는 근원적인 요인인 것이다.

윤후명에 있어서 완강한 정신적 경향은 한의 감정에 대한 그의 본능적인 경사傾斜와 함께 그의 시적 노력의 기본적 성격을 규정짓는 힘이었다고 할 수 있다. 그리고 그것은 거의 비슷한 주제에 관계하는 그의 시 한 편 한 편에 간절한 음조와 절제 있는 리듬을 불어넣는 동력의 하나였음이 분명하다. 또 무엇보다도 그 완강함은, 시인으로 하여금 실속 없는 기대나 거짓된 희망의 약속을 일체 거부하는 데서 오는 지적 정직성에 도달하게 하였다. 윤후명의 시에 가득한 절망적인 의식은, 어떤 점에서, 삶에 대한 성급하고 안이한 해답을 제시하기를 거절하는 용기의 표현이라고 할 수 있을지도 모른다. 이렇게 말하는 것은, 대부분 한에 관해 이야기하고 있는 그의 시에서 가장 현저한 것은 애상哀傷이나 자기 만족적인 슬픔의 제스처가 아니라 오히려 끝없이 불안한 긴장된 분위기라는 사실 때문이기도 하다.

완강한 태도는 물론 시인으로 하여금 그의 세계를 매우 편협한 것으로 만들게 할 위험을 가지고 있다. 그런 의미에서, 어떤 각도에서 보면 윤후명의 시의 한결같음은 벌써 단조로움을 암시하고 있는 만큼 언젠가는 지양되어야 할 점인지도 모른다. 그러나 적어도 지금까지의 그의 시적 노력의 결과에 비추어본다면, 그의 완강함은 일단 창조적이었다고 할 수 있다. 그것은 한의 세계 속으로의 그 나름의 철저한 잠수를 가능케 했고, 그 결과 가령 다음과 같은, 우리의 삶의 보편적 체험에 대한 매우 생생하고 인상적인 시적 표현을 가능케 했다.

> 너도 나도 어둡게 상한 팔을
>
> 저 만엽의 샛길로
>
> 흔들어대지
>
> —〈만엽萬葉의 샛길〉

2부

홀로 등불을 상처 위에 켜다

시인의 말

무엇을 잃고 사는지를 안다는 것은 불행한 일이다. 그러나 무엇을 잃고 사는지도 모르고 산다는 것은 더욱 불행한 일이다. 그 무엇이 사랑일 때, 그 어찌할 것인가.
늘 반추하며 살아온, 외로움과 그리움의 세상인식을 여기에 담아본다. 그리고 조심스럽게 사랑을 받드는 마음을 일으켜 세운다. 이로써 자기완성을 기약하는 것이다.
몰가치가 횡행하는 시대를 살아가는 불행을 노래할지언정 영혼을 값싸게 흥정하지는 않으리라 새삼스럽게 다짐하면서.
견자見者를 향하여, 은자隱者를 향하여, 다시 먼 길을 떠나는 구도자로서.

1992년 가을

수자해좇꽃 피는 마을 1

어둠 속에서 막차를 놓치고
한 그릇 술국으로 몸을 덮혔다
헤매면 헤맬수록
어두워지는 몸
천축天竺까지 헤매다가 돌아와도
뾰족한 수가 없구나
깊은 산속 썩은 흙에 돋는
수자해좇 혹은 천마는
꽃을 피우면 쇠불알 같은 그 뿌리가
속이 빈다고 한다
꽃도 못 피우고
오그라드는 내 삶
……아닐까

수자해좃꽃 피는 마을 2

천마라고도 하는
수자해좃이
난과蘭科라기에
햇빛도 안 보고 피었다 진다기에
한 뿌리 얻어 그같이 살려고
천리만리 갔었습니다
비단길 사막 속
캄캄한 물줄기 소리 속까지
갔었습니다
사람 사이가 무서워
슬픔을 별처럼 하늘에 뿌리려고
하나의 풀포기라도
믿어보려고
천리만리 갔었습니다
물론 우리나라에도 자생합니다

수자해좆꽃 피는 마을 3

여기까지 오도록 인생은
길었다
늘 파란만장 운명이라 말했다
그러나 옛사람들
며느리밑씻개니 개불알꽃이니 애기똥풀이니 호라지좆이니
야릇하게 부르던 세계도 여기
아직 있다
누구나 있음을 알 때
외로움과 그리움의 있음이란
스스로 깊고 밝아서, 그리하여,
앎이 사랑을 사랑답게 한다
옛사람들이 부르던 이름
속에 내 사랑도 있으므로
여기서는 운명도 귀여운 놀이
아무래도 죽도록 살아야 한다

수자해좇꽃 피는 마을 4

가장 깊고 뜨겁고 무시무시한

그 무엇

어디에 있는가

있어야 한다고—

그 무엇

샅샅이 켜켜이 촘촘히 얽히고설키는

그 무엇

있어야 한다고—

눈에 불을 켜고 찾았습니다

앉으나 서나

죽음이 오기까지는 찾을 수 있으리라

여겨도 보며

오늘도 외딴길 찾아갑니다

숨이 콱 막혀 그만

밥아 너 본 지 오래구나 목메어

죽도록 부르는 사람

어디선가 만날 수 있겠지요

사물의 눈매

가까스로 잠들기 시작한 사물의 어린 아이들
짧은 잠꼬대와 함께 영원히 멀어지고
깨어 있는 사람도
보이지 않는 상처를 저미며 멀어지네
불빛이 없는 숲속으로
밤이 지나도록 오래 걸어가네
캄캄한 나무마다 묻혀 있는 목소리들에게도
깨지 않는 잠을 주네
땅과 하늘의 눈물인 이슬 속에
긍휼한 손목 비치고
맑은 얼굴을 맞댄 땅과 하늘이
서로의 이목구비를 아끼는 아침까지
아무도 없어지도록 하네
없어진 사람만이 이 눈매를 아네

끓는 사랑 1

새로 내미는 여린 순에도
속속들이 물들어 내비치고 있는
이 치정을 어이할꼬
숨기지 못하고 절로 소리치며 아으
건넛마을까지 더 먼 산마루까지
그래도 모자라 톺아가는
불쌍한 것 어이할꼬
부르면 부르는 대로
가리키면 가리키는 대로
갈기갈기 짓찢어 흩뿌리며
어두운 온 세상에 한껏 초혼招魂하는
피어린 것아,

끓는 사랑 2

천장의 손바닥이
어루만져야 하는 몸뚱이,
천장의 승냥이의 껍질로
화하는 천장의 손바닥 뒤로
그러나 되살아나는
허전한 머리

한 낭자娘子의 끓는 사랑은
뜬 세상에 닳고 닳아도
애달픈
밤공기
다 만져도 다 못 만지는
깊은 얼굴의 얼

곤쟁이젓

조선시대 간신 남곤南衮과 심정沈貞의 이름 곤정에서 비롯되었다고 하는

곤쟁이젓

그토록 시원찮은 것이언만

내 술안주가 된다

남들은 무엇인가 외치며

보무도 당당한 이 봄날에

뒷날 끼니 걱정을 이것으로 던다

맨밥에 물 말아 놓고

이것 오백 원어치면 보름은 문제없겠지

간신의 이름으로 밥을 넘긴다고

사람들 웃겨줘야지

소래에서 사온 곤쟁이젓

내 님은 어디에

님은 조국이요 겨레요 그리고 또한 밤마다 입 맞추는 그 님이라고 한다
님이 조국이라면 면구스럽다
면구스럽다 겨레라면 더욱 면구스럽다
그렇다고 밤마다 입 맞추는 그 님이라면
안 면구스러운가
이 지구상에 내 님은 어디에?

이별

네가 떠난다는 날 아침
연탄 아궁이 위에 끓는 물 소리를
가장 서성거리며 듣는다
그것뿐, 창밖에 눈이 내리는 소리도
사람이 죽을 때 한다는 마음속 말도
흉악하게 와닿는다
내가 아는 모든 것은
마지막 떠날 때야 비로소
한마디 말을 들려준다
이루지 못한 것일수록
마른 풀잎이 바람에 스치며
살았던 날의 옷깃을 스스스 날리듯이
그 소리를 들려준다
서성거리며 듣는 끓는 물 소리
네가 떠나면서 남기는 말은
그렇게 우는 소리를 낸다

빈자貧者의 자장가

비상砒霜을 머금고 시드는 마음처럼
잠 못 이루는 밤마다
먼 산동네 사내는
주린 아이를 위해 서속黍粟 한 됫박
그 몸에 지니고
녹슨 뇌를 어루만진다
슬픔에 맛들며
낡은 자루에 넣어 온 삶
모두가 간 곳은 아득한데
어둠 속에서
보리쌀을 대끼듯 뇌를 대끼며
낟알을 헨다
거칠고 마디 굵은 손으로 만져야
불행도 제값일진저
다들 어디서 어떻게 살고 있는가?

관계

하늘이 무거워진다

늦가을에는

이를테면 원앙이사촌이나 농병아리

몇 마리 떠가는 만큼이라도

하늘이 무거워진다

새들의 날갯죽지 힘살만큼이라도

우리 관계가 질겨진다

그러나 실상

모든 것 외로움에 지나지 않아

무거운 하늘만큼 내 눈시울도

무거워진다

질긴 만큼 겨드랑이가 결린다

가장 멀리 그대는

그대 홀로 깃 펼쳐

나무와 숲을 건너는 마음

물과 골짜기를 건너는 마음

이 세상 언제나 아득히 외롭듯이

길 없는 그리움

하늘길까지 닿아라

가장 고독한 사람의

눈 들어 가장 멀리 보는 눈

귀 열어 가장 멀리 듣는 귀

그대는 차라리 웅크린 말없는 짐승

숲을 지나는 바람들 골짜기를 지나는 바람들

엿보고 있다

엿듣고 있다

길

우리가 서로 아득히 멀듯이
나조차 나로부터 아득함을
알리라
이 세상 그립고 그리워
오히려 피해가는 발길
버리지 못해 우짖는 마음이 욕스럽구나
이 내 몸에
말가죽 쇠가죽이라도 매겨
찢어질 때까지 치고 또 치면
마침내 이르련만
아직도 누구의 꽃가슴 꽃입술 있어
이 길 이리 더디게 하는가

시인, 가을에 죽다

경계할 때는 '나아' 하고
소리낸다는 후투티가
저 갯가에 날아든다기에
김형과 함께 갔으나
오종종오종종 새 발자국만
아리게 남아 있었다
〈시인, 가을에 죽다〉라는 김형의 그림에는
거꾸로 처박힌 박정만을
소주병이 울연兀然히 지키고
나문재가 뿌리를 드러낸 갯가에서
나는 새 발자국의 밭은 컴퍼스로
오종종거리며 걸었다
이승에 남기고 갈 내 흔적
가녀린 새 발자국

너의 눈빛

나는 늘 네가 있는 곳으로
떠나려 한다
정처 없이 떠난다
너와의 거리는 그러나
좁혀지지 않고
내 헤맴은
가이없다
너는 햇빛 속에 어디나
계시고
나무 그늘 밑에 어디나
계시고
밤이면 모든 산자락 아래
잠드시고
언제나
저
　　　만
　　　　　　치

계시니, 무릇 사랑하지 말지어다

영혼이 다치면

영혼이 찢기면

……어이하리, 이 세상

네 눈빛 같은 날들

나무에게 부탁드림

나무가 말하기를
어두운 밤에도 난 홀로
견딥니다
환과고독이라고 하지만서도
외로움은 공부할수록 더 짙어지는 법
그냥
땅은 내 여자의 몸뚱이,
그 여자와 헤어져
굽혀오던 길
이별 이별 이
별이 빛나고 나는
나무 잎사귀배를 타고
먼 바다로 나간다
세상은 뜻밖에 내게
죽음을 강요한다
나무야 너는 나보다 오래 살겠지
잘 봐두렴 옹이눈을 뜨고 잘 좀

내가 어떻게 죽는지

나무야

너의 언약

누군가를 보러 외딴길 갔다가
못 보고 온 날 밤은
누군가의 꿈을 꾼다
그 누군가가 내 골을 빠갠다
내 골 속에 들어 있는
낭자娘子의 손가락
내게 언약하며 내밀었던
손가락
마디 토막토막 잘라져
내 이부자리에 죽은 벌레로 기어다닌다
슬프지 않다 매우
징그럽지 않다 매우
다만
베갯잇이 눈물에 조금 젖는다

목숨

파리 한 마리가 평화를
깼다
왜 파리 목숨일까
연꽃은 진흙에서 피고
파리는 시궁창에서 피는데
날아다니기까지 하는데
날개도 있는데
왜?
밤새 울어본 사람은 알지
사랑이 얼마나 지독한지
추억이 얼마나 멀리 멀리
있는지
니가 혹시 날개가 있다고
착각하는 건 아냐?
겨드랑이가 간지럽다고
착각하는 건 아냐?
연꽃은 진흙에서 피는데

어쩌자고 어쩌자고

어둠이 더 짙어지기 전에
너를 잊어버려야 하리 오늘도
칠흑 같은 밤이 되면
사라진 길을 길삼아
너 돌아오는 발자욱 소리의
모습 한결 낭랑하고
숨막혀, 숨막혀, 숨막혀, 숨막
혀를 깨물며 나는 자지러지지
산 자 필必히 죽고
만난 자 정定히 헤어지는데
어쩌자고 어쩌자고 너는
어쩌자고 어쩌자고
온몸에 그리움 뱀비늘로 돋아
발자욱 소리의 모습
내 목을 죄느냐
소리죽여 와서 내 목을 꽈악
죄느냐, 이 몹쓸 그립은 것아,

무인도 혹은 태평양의 끝 1

거기서 그대는 눈물을 떨구고
나는 애를
끊고 끊어 벼랑 위에
놓았네
바싹 말라 비틀어진 하늘 한쪽
짠지처럼 곁들이고 그러나
비시시 나는 웃네
무인도 혹은 태평양의 끝
너는 그해 아무 데도 없었네
나는 너를, 너의 신들메의 냄새를
백 년 동안 간직하려고 죽으려고
갯바위 위에 누워 있었네
밀물 썰물 밀물 썰물 밀물 썰……
나는 그해 앞바다 태평양의
끝에 있었네

무인도 혹은 태평양의 끝 2

바다 가운데 있는 말 한마디

나는 오로지 한마디 말만

믿고 싶다

떠나버린 모든 이들에게서도

만나야 할 모든 이들에게서도

죽음을 앞둔

파도 소리 멀리 멀리 멀리

귓속에 집어넣고

뭇별처럼 울고 싶다

한마디 말에 내 입술 부벼

남루한 넋일랑

갯바위에 널어놓고 싶다

가시나무의 가시

—가사미산의 엄나무에게

가시나무가 가시를 노래하지

않지만

너는 너를 가시나무의 독가시로

노래처럼 찔러야 한다

죽음을 맞을 노래를 핏속에

배워두어야 한다

이왕이면 눈동자를 찌를까

사랑이 익어갈 무렵

이미 죽음은 저녁처럼 오고

있다 이미

그러니까 훨씬 먼저 찔렀어야지

그래서 가시나무가

늘 가지고 있는 저

가, 시,

혼혈

라틴계 소녀가 울고 있다
갑자기 옷을
벗을 순서가 되었기 때문이다
먼 바람이 육두肉頭로
불고, 있다,
아름다움은 사랑에 굴복한다
그 누런 바람은 고비사막의
것이기도 하다
아니면,
염통에 쉬가 슨 우리들의 것일까
승냥이가죽 냄새가 나는 여자가
있었다 고약하게
죽어서도 사랑하자면서
죽음을 반성했다
중국 황하 옆구리 란조우(蘭州)에서 온 사내가
실크로드를 바라본다

추억의 마개

추억도 마개를 가지고 있다
내가 젊었던 동안 덧없이
늙어간 것을 위해,
몇 번의 사랑 끝에 후줄근히
찬비를 맞고 섰을 때
어디엔가 남아 있는
희끄무레한 얼굴이 그걸
가져온다
희끄무레한 얼굴이 더욱
희끄무레하다 더욱
나 혼자 찬비를 맞는다
나 자신도 희끄무레하다
너는 누구며 어디에 있니?
메아리도 들리지 않고
무지개도 걸리지 않고
너는 누구……
어디……

목구멍을 그 마개로 막는다

숨을 거두어라

대나무넋

고향에 갔다가

교산 언저리 푸성귀밭

흐린 우물만 남아 있는

사천의 허균 생가에 갔다가

아직도 청청 뻗은 대밭 옆에서

대나무 한 뿌리를 얻었습니다

홍길동 뿌리를 얻었습니다

앞으로 살아야 할 막된 홀아빗길

저놈 하나 바라고 살까 하고

대통 속에 남모를 계집넋 하나 집어넣고

뜨신 밥 한 그릇 그리울 세월

그 넋 불러내 보려고

내 남존여비의 비참한 사랑

대뿌리 하나를 얻었습니다

홍길동 꿈을 꾸며

비참하게 비참하게 헤매는 뜻을

그 계집은 알리라 하고

비

하나의 빗방울이
내 마음을 꿰뚫어
지구 위에 떨어진다
엿듣기만 해도 핏빛 어룽지는데
꿰뚫리는 순간이란!
그런데 처녀들이 손바닥에
빗방울을 받고 있다
간지러워요 간지러워요 글쎄 간지럽다니까요
내 마음은 그 손바닥 위에서
마지막 숨을 헐떡이며
구름이 흐르는 곳— 비라도 올 듯—
우주의 끝을 보려고 단말마의
모가지를 뻗대 든다
삶이여 춤추는데,
죽음은 잉태된다
오늘 지구에 비가 내린다

협궤열차

어느 날 새벽

아니면 저녁

협궤열차에 흔들리는 삶

꼭 유령 같다니까 아니 강시같이

웃긴다니까

저놈의 열차는

금방 무덤에서 나온 듯

도시에 나타나 어 저게 저게 하는 동안

뒤뚱뒤뚱 아마 고대공룡전古代恐龍展으로 사라진다니까

거무튀튀한 몸통뼈 안에 그러나

흔들리는 삶

아직 살아서 뒤척이는 꿈

날품팔이 아낙네의 질긴 사랑

나도 그래야 한다 사랑해야 한다

세상이 무너지도록 사랑해야

살아 있음의 열띤 몸뚱이들을

애꿎은 호박

어떻게든 호박이 먹고 싶어서
애동호박이 열리기를
기다립니다
내 가슴속 깊이
똥바가지 거름 넣어 씨를 묻고
나뭇재를 뿌리고
기다립니다
마음이 열리기를 기다린다오
기다림?!
이제 애끓는 청춘은 돌아오지 않는데
그 첫사랑이 익어가던 무렵
그대 집 불꺼진 창 밖
밤새 감아 붙였던 내 덩굴손
그리하여 그리하여
애동호박을 기다리며 내 굳은 손을
불현듯 펼쳐봅니다

희망

내게 황새기젓 같은 꽃을 다오

곤쟁이젓 같은, 꼴뚜기젓 같은

사랑을 다오

젊음은 필요 없으니

어둠 속의 늙은이 빼다귀빛

꿈을 다오

그해 그대 찾아 헤맸던

산밑 기운 마을

빼꾸기 울음 같은 길

다시는 마음 찢으며 가지 않으리

내게 다만 한 마리 황폐한

시간이 흘린 눈물을 다오

해 돋는 아침

사뿐사뿐 살아도 되련만

헤매 다닐 뿐인 내게도

햇빛이 비친다

우주홍황宇宙洪荒에

이곳에서는 봄마다 꽃이

저주처럼 피고

들로 나가 헤매다 온 날 밤

내 단말마의 모습

아침을 맞는다

더 갈 수 없는 길 끝까지 가자면

얼마나 더 발바닥이 부르터야 하는가

다시 꽃피는 봄

내 홀로 아득하다

지옥행

모든 아름다움들에게

나는 간청한다

빨리 지옥으로 가라고

빨리 지옥으로 가서

그 몸뚱이 곱게 썩혀

봄이면 이쁜 꽃 밑거름이 되기도 하고

푸른 하늘 밑

외롭고 외로워서 푸른 피 흘리고 있는

사내들의 겨드랑이를 산들바람으로 간질이기도

하고

또한 아침마다 내 창 앞에서

지저귀라고

새가 되어 지저귀라고!

절망

다른 사람이 말하기 전에

말하리라

절망이 쾌락처럼 오고 있기 때문에

나는 늘 도둑으로 살아왔음을

밝혀두어야 한다

어느 날 칼을 들고 내 욕망이란 욕망은

다 베어버리려고

난동을 부리다가 무덤가에서 나누었던 그 키스

열아홉 살의 죽음을 기억했지

그 여자는 마흔이 넘어 시집을 갔고

나는 알코올에 내 날개를 담가

표본으로 만들었지

그래서 나는 지금 날개가 없고

그저 꿈틀댈 뿐이지 꿈틀꿈틀

절망이 욕망처럼 오고 있기 때문에

홀로 등불을 상처 위에 켜다

이제야 너의 마음을 알 것 같다
너무 늦었다
그렇다고 울지는 않는다
이미 잊힌 사람도 있는데
울지는 못한다
지상의 내 발걸음
어둡고 아직 눅은 땅 밟아가듯이
늦은 마음
홀로 등불을 상처 위에 켜다
모두 떠나고 난 뒤면
등불마저 사위며
내 울음 대신할 것을
이제야 너의 마음에 전했다
너무 늦었다 캄캄한 산 고갯길에서 홀로

가을 이야기

가을이면 이쁜 풀꽃들이
저마다의 빛깔에 물든다
꽃들을 머리에 이고 겨드랑이에 끼고
색소色素가 아니라 섹스sex
가느다랗게 비올족族의 소리로
순결처럼 흐느낀다
어디로 가는가 이 내 인생
옛 성황당길 돌아 넘으면
환幻은 멸滅하고
풀꽃들 풀벌레와 이승의 마지막 사랑을 한다
그중에서는 어젯밤
노린재 혹은 쇠똥구리를 받아
꽃향기 몹시 노리고 구린 것도
새 각시로 피어 있다

김대건이 서쪽으로 간 까닭은?

마카오로 갔더니
갓 쓰고 도포 입은 사람이
공원 끝 구석에 서 있다
아열대의 꽃이 노오랗게
낮별로 흐느끼는
포도아풍浦萄牙風
중국인 거리를 지났다
용수龍樹들은 거웃을 길게 늘어뜨리고
늙은 영혼에 겨워 있는데
삶이 어디만큼이길래
갈 길은 아직 멀까
동상 밑에 꽃다발이
나전어羅典語처럼 놓여 있었다
아니 조선 형틀처럼

나무南無 사랑

너는 아직도 어둠 속에
얼굴을 파묻고 있느냐
아니, 아니, 아니
고개를 허공에 아니라고 저으며
해탈 못한 사랑 어둠에
갇혀 있느냐
너의 몸뚱이 검디검게
그을은 채
아무도 오지 않는 바위 속으로
달려가고만 있느냐 그리하여
사랑, 하고 말하는 꽃 한 송이
혀(舌) 돋는 아침 그리하여
너의 하늘에
먼동 틔우려는 것이냐

어디에도 본디 없는 너

내 목마름을 너에게 알리기 위해
어느 날 길을 떠났다
모두들 어디론가 가고 있기 때문에
너도 어디론가 간 것을
물 따라 바람 따라 별 따라
나는 갈 뿐
너의 흔적 가릴 길 없다
그리움과 외로움으로
두 눈 멀고 두 귀 먹어
오늘도 떨고 서 있을 뿐
길 없는 길 갈 수 없는 나라
어디에도 본디 없는 너

마음 하나 등불 하나

어두운 마음에 등불 하나

헤매는 마음에 등불 하나

멀리 멀리 떠난 마음에 등불 하나

할퀴어진 마음에 등불 하나

찢어진 마음에 등불 하나

무너진 마음에 등불 하나

그러나 보이지 않는 마음도 있다

어느 마음속에도

하늘 있고

땅 있고

찰나와 영겁 닿는 빛 있음을

등불 걸어 밝히어라

보이지 않는 마음도 밝혀

그 애끓는 사랑 하나 환하게 환하게

뭇별까지 사뭇 밝히어라

투병기

등굴레싹이 나올 무렵부터
비단개구리와 꽃뱀이 나올 무렵부터
쏘다닌 옛 산기슭
아무도 없어서
병은 오히려 낫겠지
창밖에는 비가 내리고
누군가 어떤 생각에 잠겨 있다
아무 생각도 하지 않으려고
빗속을 부는 바람을
보고 있다
무심한 시간과 함께 기억의
무덤을 짓고 있다
가려무나, 가려무나, 가려무나, 가뭇 가려무나,

순간과 영원

내 마음 진흙 구덩이

헤어나려고 하늘을 우러르면

해와 달과 별

어디론가 떨어지고

자취조차 남기지 않는다

잠깐씩 기침을 하다가

헤어지는 것일까

바람 소리에 스치는 순간이

영원을 깁고 있다?

자취 없는데

내 마음의 진흙 구덩이에

어리는 해와 달과 별

존재
—너

너는 나에게서 아득히 있다
지치도록 아득히 있다
그러기에 이름조차
부르지 못한다
그림자도 드리우지 않고
메아리도 들리지 않는
눈멀고 귀먹은 세상
아득한 것들의 아득한 짓만
남아 있다 그러길래
아름답다는 것은
보이지도 않고 들리지도 않는
다만 남의 것일 뿐
나를 배반하는 것일 뿐

저녁 골짜기

그 골짜기에는 늘 검은 바람이
긴 옷자락을 끌고 있었다
술에 적신 듯 갈매기 눈알이
빨갛게 노을에 젖는 저녁
내 눈알도
슬픈 이야기에 젖어 어떤 사랑을
갈구한다
갈매기들도 쫘먹지 않는
상한 생선 배알 같은 그런 것을
갈구하다가
검은 바람의 긴 옷자락이
끌고 있는 그림자에 쫓겨
돌아온다
생은 늘 먼 곳에서만
깜박이는 흐린 불빛처럼
저만치 있다

어떤 흐린 날

항상 떠나가는 너
내 마음은 허물어지고
이슬 한 방울 구름 한 송이
제대로 남은 것 없다
때로는 슬픈 노래 마디
입가에 맴도나
허물어지는 마음의 그늘만 짙다
우리 무엇이길래
멀리서 멀리서만
어두워지는 뒷모습이 되어
이승에 있어 왔는가
항상 떠나가는 너

사랑의 허물

태어나면서부터 사랑을 하고 싶었다
나이 들어서도 변하지 않는
오직 하나의 마음
그러나 봄 여름 가을 겨울
헤어지는 연습으로만 살아왔다
헤어져서는 안 된다 하면서도
그 나무 아래
그 꽃 아래
그 새 울음소리 아래 모두
사랑의 허물만 벗어놓고
나는 어디로 또 헤매고 있을까
언제까지나 이루지 못할
하나의 마음임을 알아
나로부터도 영원히 떠나야 할까
그래야 할까 사랑이여

바람이 부는 걸 보니

바람이 부는 걸 보니
나무들이 사랑할 때가 되었나보다
시간은 밤마다 절망하더라도
나는 속지 않는다
언제나 너를 향하여 두 눈을 흡뜨고
죽어 있기를 원하기 때문에
밤마다의 절망이 사랑의
때를 알려주는 것이다
바람이 부는 걸 보니
나무들이 사랑할 때가 되었나보다
사랑할 시기는
어느 결에 지나가버리므로
우리는 바로 지금
떠날 채비를 차려야 한다

도깨비바늘

산에 가서 도깨비바늘 붙여 온
그 여자 사랑하고 싶다
도깨비바늘이야 여자의
몸속에 뿌리를 박고 싶었겠지
그렇지만 안 돼
이 여자는 내 사랑이니까
일찍이 천지신명께서
푸르른 날 새끼를 치라고
방 한 칸 따로 내줬다니까
그런데 도깨비바늘 따위 여자로 하여금
따끔따끔 가을을 타게 하다니
드디어 가슴을 찌르게 말야
생각해봐 안 그래?
넌 도깨비바늘에 불과하니까
목숨까지 노려서는 안 돼

혀를 빼물고

나는 곧잘 파멸을 꿈꾸지만
웬일인지 그때마다 사랑이
육욕으로 다가온다
아침 해와 저녁 해가
서로 안녕 인사하면서
내 육욕 속에서
알(卵)을 꺼내가려고
산 너머 바다 건너 오가는 시간
나는 한없는 사랑에 굶주려
지나가는 여자들에게마다
혀를 빼물고 안녕 안녕 인사하는 것이다
덧없이 안녕 안녕 안녕
버리지보다 못한 내 인생이었다
안녕 안녕 안녕 안녕
혀를 빼물고

인생의 가을

어느 날 나는 내가 너무 어둡다는
사실을 알았다
그리하여
세상에 존재하는 온갖 것
이를 테면 발가락 사이
오랜 헤맴으로 생긴 때
만토바니 악단은 가을을 노래하고
나는 베짱이처럼 베를 짜면서
등불을 밝히고 있었다
여자를 밝히는 건
여자들이 워낙 어둡기 때문일 터
인생의 꼬랑내가 나는데
누구 나 좀 밝혀주

어느 날의 확인

너 가고 있는 길

나도 간다

길 가는 사람은 많고 많으나,

둘만이 아는 길은

따로 있음을 믿는

길이다 믿어야 한다

머나먼 안달루시아 나귀를 타고

머나먼 남해섬

마늘싹과 보리싹 파아랗게 밟으며

가고 있는 길

(어디서 와서 어디로 가는 것이냐?!)

비린 술 한잔에 영혼을 달래면서

세상 미련 죄다 떨쳐버리면서

그러므로 사랑,

신음 속에 삶을 확인한다

하늘가 어디에 우리 사랑 있으니

하늘에서 만나는 구름들

서로 안부를 묻는다

하늘에서 만나는 별들

서로 안부를 묻는다

하늘과 땅 서로 안부를 묻는다

안녕? 안녕? 안녕?

오늘 지나면 내일

봄 지나면 여름이듯이

이 삶 지나면 올 것 무엇이냐

묻는 것이다

사랑한다면

묻지 않아야 해

사랑만 주고받아야 해

이다음에 올 것은

바람 한 점일까

하늘에 묻어 있는 새 날갯짓 냄새

비선毘仙 마을

꽃 피고 지는 소리에
바위 갈라져
머언먼 봉우리
운다
우리 살아 있기에
들리는 소리
머언먼 깨달음 다가오고
우리 함께 있기에
길은
있다
아름다운 게 그 뭐냐고
묻지 못하는데
다만
머언먼 봉우리
우는 소리 들려
길은
있다

존재

—천지인天地人, 존구자명存久自明

외로움

앓는

너

그리움

앓는

너

참으로

그리하면

너

비로소

있음

깊어

하늘

땅

다가와

너

있음

밝는다

사람아

오직 있음이며 밝음이여

하루는
하늘 위아래
영롱한 길 열렸다
무지개란 무지개 모두 내려와
어두운 마음, 헤매는 마음에
두 손 모으니
오직 있음의 발걸음으로
하늘 열어
오직 있음의 보이심이여
꽃 다투어 피어나고
새 다투어 노래하고
영롱한 길 열어
오직 보이신 큰 있음이여
하루는
하늘 위아래
지극한 길 열렸다
바위 깨지고 구름 달려

하나의 마음
두 손 모으니

나 있음으로 온누리 있음
길이 꽃피리
아아
하늘과 땅에 어찌도 이리
지극한 있음이여
등 밝히어라
향 사르어라
마음마다 몸마다
아아
큰 있음이며, 큰 밝음이여

꽃 좋고 여름하나니

무엇이 외로운가 하여
무엇이 그리운가 하여
고개를 드니
세상이 달라지고 있다고 한다
육체의 어디엔가 꿈 있을 줄 알고
밤새 찾아 헤맨
황량한 얼굴은
무엇이 아름다우냐고
묻고 있는데
그런데 여전히
하늘에 구름이 있기는 있고
새가 있기는 있고
햇빛이 있기는 있다
풀잎도 있기는 있다
몇 년 전에 마지막 본
세기말의 무지개 속에는
한 해에 몇백 종씩 멸종한 동식물들이

비명 소리를 지르고 있었는데

별나게 예뻤다고들

너는 외로운 짐승

어느 날 여자에게서 전화가 왔다
외롭다고 한다
잡초들을 캐다가 차나
끓여야겠다
아직도 꽃이 피고 있다는 게
신기하다
아직도 비가 오고 눈이 오고
강물이 흐른다는 게
신기해서 술을 끊으면
사람들은 내가 신기하다고 한다
너는 왜 '외롭다'는
내가 키우는 짐승 이름을
마음대로 부르니?
어느 날 여자에게서 전화가 왔다
당신은 꼭 짐승 같아요……

숲속에 누워

숲속에 누워
지나간 세월과 다가올 세월을
생각한다
멀고 아득한 길이
세상 끝까지 이어져 있으니
나 그 어딘가에 있을 뿐
나인 나
나 아닌 나
함께 숲속에 누워 있을 뿐
나도 아니고 나 아닌 나도 아닌 모습
다만 그대 사랑에
거울 비춰 보아야 아는
내 있음
숲속에 누워
빛을 보고 소리를 듣는다
나 그 어딘가에 살아 있다
사랑이 있으므로 오로지

생각하고

확인한다

곰취의 사랑

눈 속에서도 싹을 내는 곰취
앉은부채라고도 부른다
겨울잠에서 갓 깬 곰이
어질어질 허기져 뜯어먹고
첫 기운 차린다는
내 고향 태백산맥 응달의 곰취 여린 잎
동상 걸려 얼음 박힌 뿌리에
솜이불처럼 덮이는 눈
그래서 곰취는 싹을 낸다
먹거리 없는 그때 뜯어먹으라고
어서 뜯어먹고 힘내라고
파릇파릇 겨울 싹을 낸다
눈 오는 겨울밤 나도 한 포기 곰취이고 싶다
누구에겐가 죄 뜯어먹혀 힘을 내줄 풀

무엇이냐고 묻는 마음

무엇이냐고 묻는 마음이
있다
사랑이 무엇이냐고
인생이 무엇이냐고
그리하여
떠남을 노래하는 가난한 마음이
있다
떠나기 전에
사랑이 무엇이냐고
인생이 무엇이냐고
우주가 무엇이냐고
묻다가 묻다가
울며 잠든 아이가 있다
깨어나면 다시 보려는가
이 현란한 세상의 하루
그러나 가난에 못 이겨
머나먼 길

물어 물어 가야 할

또 하루

앗, 하는 순간

사라지는 모든 것은 아름답다
고 한다
정작으로 서러워서 아름다운 건
그 마음인데
이 세상의 마음꽃은
흐리게 웃어 더욱 서럽다
아름답다
고 하면 안 된다
사라지기 때문에
그렇다고
우리가 말하는 순간
우리도 사라지고 있다
사라지고 있다
앗, 하는 순간

시인의 산문

희망과 절망의 노래

윤후명

저녁의 불빛이 빛나기 시작할 무렵 어느 술집의 문을 열고 들어가는 내 모습이 나타났다. 한옆 자리에 J와 K와 또 다른 K가 둘러앉아 나를 맞이했다. 나는 대학의 같은 과 선배인 J를 예나제나 따르고 있었고, K는 며칠 전에 시가 당선된 〈경향신문〉 기자여서 몇 번 만나고 있는 사이였다. 또 다른 K는 처음이었으나 한눈에 그인 것을 알아볼 수 있었다.

"어, 어서 와."

J가 손짓을 했다.

"아, 예."

나는 또 다른 K에게 별도의 인사를 하고 그가 내미는 손을 잡았다. 그는 나의 당선을 축하한다고 말했다. 그러자 K기자가 내 시에 나오는 '치열齒列'이라는 단어가 무슨 뜻이냐고 물었다. 단어 자체보다도 시에서의 의미를 묻는 듯했다. 나는 당혹스러웠다. 그런 물음이 있으리라는 생각조차도 못 해본 것이었다. 하기야 심사위원인 박남수, 김용호 선생도 '뽑고 나서'라는 심사평에서 "다만 치열이라는 시어가 모호해 그만큼 이미지가 흐려진 느낌인 것은 옥에 티라고 할까"라고 지적하고 있었다. 나로서는 무엇이 모호하다는 것인지 그야말로 모호해서 뭐라 대꾸할 거리가 없었다. 그렇다면 당선시 〈빙하氷河의 새〉를 먼저 읽어볼 필요가 있겠다.

빙하의 끝에서 나의 한 마리 작은 새는
불씨의 이삭을 물고 온다.
겨울에 눈멀어가는 착한 인류
그 마지막 몇 사람의 일초一秒를
바람머리에서 되살려,
외로운 길이 가을 빗속을 달려가듯이 빠져가버린
나의 치열齒列을
나의 안개껴 젖은 전생애를
또 한 번 물고 온다.
방금 열린 탑의 중심에서
내 천년의 구름송이는

불과 얼음의 삶을 다시 이 땅 위에 던지고

저녁 연기를 나눠 마시며

당신과 내가 잠들었음을, 고요히

머리카락을 헝클었음을

빙하의 끝에서 작은 겨울새는

당신의 건강과 체취와 더불어 따숩게 담아 온다.

겨울의 중압에 눌려

납작해진 인류여,

불과 얼음을 나란히

끊임없이 되풀이하듯이

늘 귀로에 만져보는 사랑과 번민의

여윈 촉루髑髏

불의 소용돌이에선

소기所期의 극약을 스스로 뼛속에 갈아 넣고

그때 슬기로웠으나

피치 못한 방종

지금 또 내 겨울새는

야수의 이글거리는 눈빛으로 빙하 끝에서

생명의 불씨를 물고 온다.

부리에 가득히 물고 온다.

꺼져가던 여리고 여린 목숨을 되살려

당신과 함께 내 그림자를 띄워 보낸 가을 강
위의 목마른 높은 바람을 불러 세우며
내 인류의 치열齒列을, 당신의 젖은 눈매와 내 천년의 구름장을
지금 한꺼번에 물고 날아온다.
모든 생명의 불씨를, 당신과 나의 새 원천을
부리 가득히 물고 날아온다.

〈경향신문〉 1967년 1월 1일자에 이 시가 신춘문예 당선작으로 실림으로써 나는 시인이 되었다. 지금도 치열이라는 단어는 교정되지 않은 채 시의 입안에 당연히 버티고 있다. 여전히 '특별히 이게 모호하다는 까닭이 무엇일까' 하고 갸우뚱거릴 뿐이다. 그렇게 어린 새내기 시인은 겨울 거리에 있었다.

그날 술집에서 세 선배와 무슨 대화를 나누었는지는 기억되지 않는다. 다만 또 다른 K가 무슨 말 끝에 '후생이 가외'라고 말하고는 껄껄 웃던 장면은 또렷하다. 게다가 그는 내게 '히레'라는 술을 직접 만들어주기도 했는데, 나로서는 아주 특별한 경험이었다.

"이거 한번 마셔보시오."

그는 복어의 말린 지느러미를 술잔에 넣고 불을 붙여 태웠다. 술은 청주였다. 그런 다음 마시게 되어 있었다. 지느러미의 탄맛을 술에 우린 향미가 중요한 듯했다. 그는 술잔을 들어 맛보는 나를 바라보며 매우 흐뭇한 표정을 지었다. 그 첫 만남 이래 나는

그의 평퍼짐한 얼굴이며 몸매의 어디에 그토록 섬세한 더듬이가 있는지 늘 경탄하는 마음이었다. 그는 성실하고 섬세했다. 그리고 무엇보다도 작품의 위상을 알고 있었다. 나는 그의 집에도 몇 번 갔었고, 방문객마다 내놓곤 하는 방명록에 서투른 묵매墨梅를 그려놓기도 했다. 그와의 만남으로 나는 나중에 《문학과지성》의 회심의 기획인 재수록 제도에 선정되어 창간호에 작품을 싣고 나를 알렸다.

봄이 되어서도 나는 아직 평범한 대학생일 수밖에 없었다. 시인이 되었을 뿐 별다른 변화란 없이 학교 신문에 간간이 시를 발표하는 게 고작이었다. 나는 꿈속에서 헤어나오지 못한 것 같은 상태에서 허우적거리는 느낌이었다.

시를 생각하는 나날은 막막하고 괴롭기만 했다. 무엇이 진정한 시인의 길인지 알 수 없었다. 그 봄은 길게 계속되고 있었다. 사도세자의 어머니인 영빈이씨의 무덤이 그때 대학 구내 한옆 귀퉁이에 수경원이라는 이름으로 퇴락한 채 남아 있어서, 그곳을 지나다니던 내 발길을 그 퇴락과 함께 남몰래 즐기는 나날이었다.

대학의 철학과에 들어갈 때, 면접관 선생이 "왜 철학과를 지망했나?" 하는 물음에 나는 당당하게 "시를 쓰려고요" 하고 대답했었다. 이걸 어떻게 안 동기생 황광수 평론가는 나중에 몇 번이나 술자리에서 말하곤 웃음을 곁들였다. 나의 결연한 대답이 다른 사람들을 유쾌하게 하리라고는 전혀 생각해보지 못한 일이었다.

나는 오로지 시인이 목표였다. 심각한 목표였다. 목월 선생의 시 강의실에 들어가며, 유영 교수의 영시강독을 들으며, 호라티우스의 시학(Ars Poetica)을 철학에 적용해보며 보낸 시간들은 지금도 유효하다. 구본명 선생과 배종호 선생의 노장, 공맹의 강독 또한 두고두고 내 뼛속에 녹아 있다고 믿는다. 장자의 '북명에 유어하니'의 '소요유'는 맹자의 '호연지기'에 닿아 있었다.

*

시 동인지 《70년대》를 결성한 지 오십 년을 바라본다. 저 세월 앞에서는 할 말이 아득하여 '도무지'일 뿐이었다. 막상 컴퓨터 앞에 앉으니 지난 젊음의 시간을 이야기한다는 것만큼 어려운 일이 있을까 싶기도 했다. 이 자판 위에는 없는 세계가 어디엔가 별세계로 펼쳐져 있을 것이 틀림없었다. 결코 일목요연하게 정리되지 않을 혼돈과 질풍 속에 등불을 들고 광막한 벌판에 서 있는 꼴이었다. 그러니 '도무지' 살아온 '도저한' 세월 속에 용케도 한 가지, 시를 잃거나 버리지 않고 예까지 왔다는 사실! 그 사실을 꼬투리로 붙들고 숨을 가다듬을 수밖에 없는 것이다.

고교 2학년 때 성균관대 백일장에 참가하여 뜻밖에 장원을 함으로써 운명을 문학에, 그때로서는 시에 바치리라 결심했다. 그로부터 우리는 시에 모든 것을 다 바친 채 오리무중의 어둠 속을 헤쳐 나가고 있었다. 먼저 임정남 시인이 있다. 그는 내 고교 2년 선배로서, 고등학교 문예반 때부터의 인연으로 대학에서 다시 만난 그와 나는 자연스럽게 시의 세계에서 함께 어울리는 관계가 되었다. 아주 복합적인 인물인 그는 나에게 여러 가지 영향과 숙제를 안겨준 사람이었다. 서로 쓰고 있는 시는 다른 길에 서 있었다고 여겨지는데, 일본 소설에 관한 한 그는 나에게 신선한 통로이기도 했다. 다자이 오사무의 미란靡爛의 미학을 말하는 그의 눈은 빛났다. 〈앵두〉라는 거 읽어봐. 《인간실격》 최고야, 너. 신촌 로터리 다방에 죽치고 일본 감각의 소설을 쓰고자 하던 그의 흰 손, 유려한 문체. 미시마 유키오를 닮은 우월론자로서의 논평. 그의 미완성 장편소설은 한동안 내 공부방에 있었건만, 그와 함께 원고도 어디로 가고 말았는지.

1969년 〈조선일보〉 신춘문예에 당선한 그는 벌써 여러 해 전에 그만 병들어 세상을 버렸다. 그리고 세월이 흘러, 지난해 어떤 시 잡지에 몇 편의 시를 발표하게 된 나는 〈고래의 일생〉이라는 다음과 같은 시를 끼워 넣었다.

> 2006년 12월 15일 장생포 앞바다에서 길이 7미터 무게 4톤짜리 대형 밍크고래가 그물 속 문어를 먹으려다 걸려 죽은 채 끌려와 4천만 원에 경매되었다고 한다
>
> 1969년에 '고래'라는, 태어나지도 않은 시 동인지가 있었다

몇 해 전에 세상을 뜬, 조선일보 당선 시인 임정남이 모임에서 내놓은 이름이었다

우리는 시 동인지를 만들어 활동하기로 우리는 뜻을 모았다. 그래서 비슷한 시기에 시단에 얼굴들에서 뜻이 맞는/맞을 김형영, 강은교 시인과도 만나 논의를 거듭한 끝에 '70년대'라는 이름을 얻어냈다. 위의 시는 그때의 상황을 그린 것이다. 그리고 창간호를 낸 뒤, 정희성과 석지현이 가세하기에 이른다. 우리의 시인 활동에 이 동인은 매우 중요한 역할을 해주었다. 동인지를 펴냄으로써 이루어진 고은 시인의 만남이 두드러지게 기억된다. 돌이켜보면 왜 '고래'로 하지 않고 한시적인 연대인 '70년대'에 집착했는지, 짧은 눈에 머리를 갸우뚱거리게 되지만, 그 무렵 정서는 그랬던 것 같다. 우리 현대시의 역사가 겨우 육십 년쯤 되던 무렵 아니었던가. 우리는 종로의 서점으로 책값을 수금하러도 갔고, 동인지가 팔린다는 사실에 흥분하기도 했다.

우리는 《70년대》를 냄으로써 시단에 신선한 충격을 던지리라 했었다. 그 무렵 《현대시》와 《육십년대사화집》과 《시단》 같은 영향력 있는 동인지들이 포진하고 있는 시단 풍토에 일종의 반기를 든 셈이었다. 우리가 뒷날, 즉 오늘, 일흔이 넘은 나이가 되었음에도 다시 모여서 동인을 이룰 수 있는 것이 그때의 열정을 대변해 준다 하겠다. 우리는 시와 함께 시 속에서 이 삶을 불사르며 '하

늘을 우러러' 굽힘없이 오늘에 이르렀다고 자부한다. 이런 과정을 거쳐 우리는 평생 동인이 되어 동인지를 냄으로써 각기 한 사람의 시인으로서 발돋움하는 데 든든한 발판을 얻게 되었다고 나는 믿는다.

앞에서 '또 하나의 K'로 소개한 김현 평론가가 내게 시집 출간을 제안한 것은 70년대 중반의 일이었다. 그는 민음사에서 시집 시리즈를 내기로 했다면서 나를 첫 몇 명으로 추천했다고 말해주었다.

"괜찮은가요?"

그는 남이 바라는 일을 하고도 그 뜻을 조심스럽게 타진하는 사람이었다. 나는 가슴이 뛰었다.

"저야, 영광이지요."

이 사실과 명단은 〈서울신문〉에도 보도되었다. 시집 내기가 워낙 어렵던 때여서 기삿거리가 되었다고 여겨진다. 그러나 곧이어 김현이 프랑스의 알자스-로렌으로 유학을 감과 함께 없던 일처럼 되어버렸다. 이 계획이 문학과지성사의 시집으로 옮겨와서 그 첫 배본이 되었음을 알 수 있다. 내게 물고기지느러미 술을 만들어주고 《문학과지성》 창간호에 작품을 재수록해준 김현은 이렇게 내 시의 옹호자였다.

시집을 내기 전에, 그 무렵 시 원고를 썼던 백지책을 그의 집에 들고 갔다가 놓고 나오고 말았다. 온통 고친 글자들, 구절들로 어지러운 공책이었다. 연락을 하고 찾으러 가는 발걸음은 보여줘선 안 되는 비밀을 보여준 것처럼 무거웠다. 그는 기다렸다는 듯 나를 맞아들였으나 아무 말도 않고 돌려주기만 했다. 그 순간의 말없음이 내내 나를 괴롭혔다. 하지만 벌써 오래전에 그는 이 세상을 떠나고 말았다. 긴장된 말없음만이 뒤에 남았다고 나는 기록한다.

어떠한 광풍 아래서도 나는 등불을 들고 홀로 길을 간다. 사랑과 신념의 시 한 줄이 나를 이끈다. 가녀린 생명은 늘 상처 받으나 등불로 비춰보며 홀로 아물리는 삶에 대해 시는 내게 가르친다.

김현의 미셸 푸코 연구서 《시칠리아의 암소》에는 사람을 불에 달궈 죽이면서 고문하는 기구인 '시칠리아의 암소'의 첫 희생자는 그 고안자였다고 씌어 있다. 그 이야기는 단순하지만은 않은데, 우리는 우리가 만든 틀에 스스로 책임져야 한다고 강조한다. 죽음이 따른다 해도 말이다. 자기의 시는 가장 확실한 자기 운명이며 희망이자 절망이어서, 마침내 스스로의 질곡이기 때문이다.

3부

쇠물닭의 책

시인의 말

아무렇지도 않게,
기쁨에도 슬픔에도 아득한 그리움을.
고개가 많은 나라에서
모퉁이가 많은 나라에서
되돌아갈 수 없는 길을 가는 발길을.

2012년 5월

모래알 하나

하룻밤 자고 나면 이승에선 그만이야

뭘 그래, 저승까지 같이 가

누구하고 속삭이고 있는 걸까

소스라쳐 놀라

먼 사막의 별빛을 바라본다

누구의 눈빛일까

모래알 하나 눈에 들어

땅과 하늘에 굶어 죽도록

사막을 넘어간다

전설

누가 죽으면서 바라본 것은
저 별빛이 아니라 사랑이었겠지
하지만 아니어서
오래전에 딱 한 번 흘낏 보았던
무엇인지도 몰라
언젠가 개승냥이 눈빛을 띤 채
새고기 한 점 얻어먹으려고
하늘 끝까지 갔었다더니
어찌어찌 살아왔었다더니
그것이 사랑인 줄 알았다더니

왜냐하면 마지막이란

세상에서 가장 먼 곳에

모래 구덩이 하나 파고 들어앉아

이승에서 마지막 숨을 몰아쉰다면

옛사랑도 사막여우처럼 찾아와

같이 숨쉬어줄 거야

왜냐하면 마지막이란

사막구름이나 사막이슬이나 사막눈물처럼

진실이 틀림없을 테니까

그리하여 숨이 끊어진 다음 날

헤매고 헤매다 세상 끝 모래 구덩이에 파묻은

옛사랑 맛이 어때?

왜냐하면 마지막이란

그래도 진실이 틀림없을 테니까

무엇이냐고 묻는 마음

무엇이냐고 묻는 마음이 있다
사랑이 무엇이냐고
인생이 무엇이냐고
그리하여 떠남을 노래하는
가난한 마음이 있다
떠나기 전에
사랑이 무엇이냐고
인생이 무엇이냐고
우주가 무엇이냐고
묻다가 묻다가
지친 마음
어느 날 다시 보려는가
이 찬란한 세상의 하루

고향

언젠가는 가려고 했던 곳이 있었습니다
그곳이 어디인지 몰라서 떠돌다가
젊어서도 늙어 있었고
늙어서도 젊어 있었습니다
무지개가 사라진 곳에 있다고도,
사랑이 다한 곳에 있다고도,
슬픔이 묻힌 곳에 있다고도,
짐짓 믿었습니다.
그러나 어디인지 그곳은 끝끝내 멀고 아득하여
세상 길 어디론가 헤매어 갑니다
꽃 한 송이 필 때마다 그곳인가 하여
영원히 머물면서 말입니다

동냥살이

해 뜨면 해가 있고
달 뜨면 달이 있고
별 뜨면 별이 있는
이 세상
눈 뜨면 내가 있음을
말씀드린다
무엇을 동냥하려고
오늘도 바자이느뇨

하늘 이야기

나 죽은 다음 할 말이 있어

하늘을 본다

땅 끝까지 갔다가

바다 끝까지 갔다가

누더기로 돌아와 옛사랑을 찾아간 날

그 집 앞에 무덤을 파고

진정 무엇이었느냐는 물음으로

하늘을 본다

그래서 헤맸던 날들

별처럼 새겨져 있을까 하고

호롱불

꽃 한 송이 피었다 지는 동안
삶은 저문다
무엇일까 하고 호롱불 들고 나가
몇십 년
나도 모르게 몇십 년
때로는 모래에 스미기도 하고
밤이슬에 젖어 흐느끼기도 하고
바위에 깃들이기도 했건만
어디를 홀로 떠돌았을까
간밤에 호롱불 사위고
길 잃은 그림자
삶은 저문다

꽃

기쁨 속의 슬픔
슬픔 속의 기쁨
노래하지 않으면서 노래한다
미소짓지 않으면서 미소짓는다
그러니까 꽃이란 무릇
삶과 죽음
꽃피고 새 울어도
삶과 죽음

칼집

생선장수가 병어 살에 칼집을 넣는다
우두커니 서서 기다리던 나는
언젠가의 그 먼먼 바다를 바라본다
바다가 병어처럼 납작하게 누워 있다
그러자 병어의 칼집이 내게 옮겨진다
눈깜짝할 사이
칼집과 함께 나는
바다의 파도 무늬 이불 속에 누워 있다
바다도 병어도 나도 납작하게 누워 앓는다
언젠가의 나를 혹시 볼까 하고
보이지도 않는 바다로 간 것부터가 잘못이었다
죽은 줄만 알았던 것들이
칼집투성이로 살아나는 순간이었다

엉겅퀴꽃

터키산産 아티초크 병조림을 얻어
이게 뭘까
사전엔 솜엉겅퀴, 꽃받침을 먹는다고 했다
그런데 곤드레나물이 고려엉겅퀴라 하여
엉겅퀴가 더 다가온 아침
엉겅퀴를 그려놓은 회사에 임시사원으로 드나든
세월을 생각한다
사랑도 없이 술로 상한 내 간肝에는
독일산産 레가론을 투여한다
학명 카르두스 마리아누스에서 뽑은 약
(실리빈으로서 60mg)
다시 말해 가시엉겅퀴에서 뽑은 약
그래서인가
몇 해 전부터 엉겅퀴 몇 포기 심어놓고
그 꽃빛 적자색赤紫色 간을 생각해왔다
삶을 생각한 건 아니었다
(슬픔으로서 몇 mg)

하나의 꽃

사랑을 알고 나서
꽃과 함께 피어난 너의 모습
언제나 그대로
남아 있다
꽃이 졌는데도 그대로
남아 있다
사랑이
꽃 피고 지는 사이를 오가며
있음과 없음 사이를 오간 것이다
그리하여
우리는 하나가 되어
있음과 없음도 하나가 되어
꽃 하나 받드는 마음이 된다

날개 달기

어려서부터 거위를 키우고 싶었다
시골장에서 거위병아리를
멀거니 쳐다보다가 돌아온 날
거위가 비워놓은 거위 우리에 들어가
날갯짓하는 꿈을 꾼다
왜 내가 하필이면 거위를
날지 못하는 거위를
날갯짓 우스운 거위를
꿈꾸는지 모르겠다고 투덜대다가
잠에서 깬 새벽녘

도깨비불

썩은 나무 등걸에
도깨비불 어른거린다
흔히 공동묘지에서 볼 수 있기에
무서워한다지만
반딧불이의 꽁무니에서처럼
반짝이는 빛을 따라가본다
내가 따라간 것이
항용 빛인 것은 아니었듯이
도깨비불은 불빛은 아닌 것이다
나는 그만 주저앉아
일어나야지, 일어나야지, 아무렴,
썩은 나무 등걸을 붙들고
밤새 낑낑거릴 뿐이다
새벽녘에나 일어날라나
아무도 나를 묶어놓지 않았는데
스스로 묶여
새벽녘에나 일어날라나

새벽별

새벽별이 떴구나

뭘 내게 알리려는지 알 길은 없는데

떨며 떴구나

가만히 올려다보며 들여다본 결과

알 길 없다는 것도 거짓말

뭘 알 것 같아

귀를 기울인다

기다리며 살아온 지난 세월

뭘 기다렸을까

모를 것 같다고?

그럼, 알 때까지 새벽별을 보렴

떨림으로 반짝거리는 새벽별을

새우젓

새우젓의 새우 두 눈알

까맣게 맑아

하이얀 몸통에 바알간 꼬리

옛 어느 하루 맑게 돋아나게 하네

달밤이면 흰 새우, 그믐밤이면 붉은 새우

그게 새우잡이라고 배운 안산 사리포구

멀리 맑게 보이네

세상의 어떤 눈알보다도 까매서

무색한 죽음

지금은 사라진 사리포구

삶에 질려 아득히 하늘만 바라보던

사람의 까만 두 눈

옛 어느 하루 맑게 돋아나네

그게 사랑의 뜻이라고 하네

강릉 가는 길

삶을 이어가기에는 감자가 아리고
사랑을 나누기에는 물고기가 비리고
죽음을 이루기에는
산과 바다가 죽음보다 길쯤하여
그리운 사람들 모두 어디로 가는지
물어보고 싶던 날이 있었다
뒷산 호랑이가 나무 되어 걸어내려와
처녀 데려다 살았다는 옛 곳
옥수수수염 같은 고향길
그렇건만
삶과 죽음이 새삼 서로 몸을 바꿔
사랑을 더듬는 모습 속에
더욱 알 길 아득하여
어디인가 어디인가
어디인가 멀뚱거리기만 하였다

하늘의 나무

나무는

하늘을 바라고 있다

나무야

내가 부르면

나무는

하늘로 날개를 친다

여행

태어나서 처음 가보는 곳이다

감자 한 알을 삶아 몸통을 가르면

나는 몇백 년 전에 죽었는지

혼자 외롭다

빵 속에 밀알들이 가루가 되어

윤회를 기다리는 산기슭

어디서

길 잃은 나그네가 끌고 온 짐승의 등에는

미라 몇 구具가 얹혀 있다

외롭거든 안장으로 쓸 테니

내 과거를 게워내라는 것이었다

비밀

그대에게 들려줄 말

있네

들려줌으로써 비밀이 되는

한마디 말

있네

무엇인지 나도 모를

한 마디 말

그대에게 들려줌으로써

내가 지킬 비밀

가슴속 깊이

있네

동백꽃

연필 한 다스를 산 어린 시절
그 열두 자루의 시간을 생각한다
열두 달에도 다 못 쓰고
지리부도의 뚱뚱한 바오밥나무 속을 뚫고 낸 길에서 잃은
몽당연필
용설란 선인장 속에 내 피를 흐르도록 하고
신라로 돌아와 닿은 항구
마침내 섬으로 가는 나룻배
몇 자루씩 잃었지 버렸지
나중에 돌아오려면 표적이 있어야 하니까
한 마리 팔색조처럼 재, 재, 재, 재, 하며
나는 누구를 부른 것일까
잃은 길마다 몇몇으로 갈린 나를 향해 거울신호를 보낼 때
동백꽃잎이 만발하며 흥건한 시간
그 섬을 비로소 발견하고 소리친다
동백꽃 속 몽당연필을 비로소 찾은 것이었다

눈망울

화염산의 옛 원숭이 그림자를 바라보며
비단길 토루土壘에서
한 잔 포도주에 머리를 기댄다
로우란의 모래밭에 스민
내 아득한 삶길
으깬 포도알 같은 추억
사막 아지랑이의 신기루가 향기를 뿜는다
사랑은 이토록
세상 끝에 이르는 길이다
마침내 그대의 신들메를 매는 길이다
추억은 사랑의 순도純度만큼
눈망울을 적신다

새의 흔적

유리창에 부딪혀 떨어져 죽은 새
피가 부리뿌리에 배어 있다
그 다음부터
아무리 닦아도
유리창은 맑아지지 않는다
피가 흐르고
꿈틀대기까지 하는 유리창에
비춰 나오느니 내 모습

새

새는

새날을

날다

새의 말

한국의 새 한국말을 하고
티베트의 새 티베트말을 한다
그래도 우리 서로 알아듣느니
나라말쌋미 듕귁과 서로 다르니

사랑 푸르름

—세한도

겨울 소나무

지금은 몰라도

나중에, 나중에는

사랑에 알려지리라 믿었다

아무리 숨었더라도

나중에, 나중에는

알려지고 마는 것

겨울 소나무

사랑 푸르름

염낭게의 사랑

가위발을 들어 사랑을 찾다가

염낭게는 길을 잃었다

넓고 넓은 바닷가에 오막살이 집 한 채

늙은 아비는 어디서 기다리는가

가야 할 곳을

아무도 가르쳐주지 않는다

마파람에 게 눈 감추듯

염낭게는 자기마저 잃었다

밀물 썰물만 하염없이 드나드는 동안

몇 겁이 흘렀다

몇 겁이 흘렀다

뒷날 누군가가 사랑을 말하며

그 발자취 위로

그림자처럼 지나간다

금강金剛의 마음

금강의 마음을 얻고자
세상을 헤맸다
누구나 그렇겠지
모르고 있어도
실은 그렇겠지
금강의 마음을 얻고자
금강의 사랑을 얻고자
그런데 막상
그런데 막상
헤맨 마음이 금강이라니
이젠 헤매지도 못해
나무 아래 누군가 있다
눈물 한 방울 땅에 굴러
세상을 담는다

황아장수의 머리빗

막다른 길 끝에서 옛 황아장수를 만났다
아무도 없는 곳
영문 모르고 홀로 가야만 하는 곳
"머리빗 사시구려!"
그 빗으로 덤불을 빗어주면 가르마가 생겨
길을 연다고 그가 말했다
그리하여 나는 덤불도 없는 벼랑에서도
믿기 어려운 머리빗을 꺼내들었다
황아장수는 이미 죽어
지나온 길을 무를 수도 없는데
나는 그 딸을 만나러 왔던 듯
하늘을 빗으면 열리려나 했던 듯
결국 막다른 마음은 외칠 수밖에 없었다
"머리빗 사시구려!"

파드마삼바바의 이름을 처음 들었을 때

쉰 살이 넘어서야 그 이름 처음 들었다

파드마삼바바

청해青海에서 오는 길이라고, 문안 인사를 여쭙는다는

말에 나는

겸양은 거두시오만, 그대는 뉘신지? 물었다

그가 문득 가리키는 하늘

티베트 무지개처럼 진실을 전하러 하늘을 떠돈다오

그렇다면, 그렇다면

나는 진실을 버리고 살아왔다는 것일까

즉답 대신에 그는 다른 말을 하고 있었다

하늘의 오방색을 바라보시오

초마랑마 무지개를 가슴에 담으시오

청해에서 방금 오신 파드마삼바바

밥 한 그릇 청하며

초마랑마는 히말라야 본이름이라고 덧붙였다

산길

잊지 말자, 잊지 말자, 잊지 말자,
잊지 말자고
마음에 새기다 못해
돌에 새긴다
돌은 마음보다 더 돌처럼 단단하다고
잊지 말자고
돌 속에서 피어 나오는 돌이끼가 되도록
살아 있자고
잊지 말자, 잊지 말자, 잊지 말자,
그래서 불망비不忘碑의 뜻이 된 돌이끼
돌이끼 들여다보다가
돌아오는 산길
호올로 돌아오다가
가만히 숨쉬며 귀기울여보는 산길

시간의 소리

눈으로 날아든 날벌레
그 주검을 넣고 가는 길
어디선가
툭, 소리가 난다
마음이 덜컥 한다
열매가 떨어지는 소리인가
툭,
세상과 끈이 끊어져
하늘 저쪽으로 멀어졌다가
이 땅에 떨어진다
추녀 밑에 떨어지는 낙숫물 소리
추억을 버린 빈 술잔을 채울 때
그동안이 마지막 사랑을 외치는 시간
영혼이 자기를 부르는 소리와
마주친다

대지의 키스

동면하는 뱀은

동면하는 곰은

동면하는 개구리는

혀를 어디다 감추나

그녀의 동면을 깨우며 봄은 입맞춤한다

아, 날카로운 키스는

이 밤에도 혀끝을 스치운다

별이 혀끝에서 천체天體를 돌면

우리는 궁륭 가운데 누워

항마촉지인으로 삶을 맞이한다

혀끝부터 피가 돌기 시작한

대지를 박차고

나는 내 얼굴을 그대 얼굴에

마스크로 씌우련다

속삭임

마음의 문을 열고 들어가면
등불이 켜져 있다
등불이 따라와 앞을 비춘다
너는 누구며, 어디에서 오는 거니?
흐린 불빛이 말을 건넨다
나는… 나는… 나는…
나는… 대답을 못하는 동안
불빛 그림자가 나를 그려 보여준다
내 모습이 멀리 나타나 누구냐며
묻는다

사랑의 길

먼 길을 가야만 한다
말하자면 어젯밤에도
은하수를 건너온 것이다
갈 길은 늘 아득하다
몸에 별똥별을 맞으며 우주를 건너야 한다
그게 사랑이다
언젠가 사라질 때까지
그게 사랑이다

망고나무의 사랑

원숭이들이 망고나무에서 망고를 딸 때
나는 원숭이가 되고
원숭이는 내가 된다
나 일찍이 넓적한 망고씨앗으로 배를 만들어
그곳으로 저어간 것을
아는 짐승들 많기에
원숭이 무리에 묻혀 산 지 오래
망고살 발라먹고 씨앗 버릴 때마다
다시 사람 되는 몹쓸 꿈 버리고
싹틔워 그늘 이루는 나무 한 그루 되기를
기도올린다

감자

새싹 난 감자를 땅에 묻었다

새싹이 무섭게 나를 본다

감자는 무섭다

끼니마다 감자를 먹던 시절이 나타난다

그 시절을 살아남아 여기까지 온 것

감자 같은 과거

내가 아닌 나를 보는 두려움

그리움으로 위장한 나는

변복을 하고 그 시절로 간다

들키는 순간 나는 스캔되어

과거에 남고 원본은 폐기될 터

주문진 가는 길 감자밭 가에 서서

흰꽃 보라꽃을 헤아려본다

빡빡머리 의용군들이 지나가던 길에 핀

흰꽃 보라꽃

눈의 사진첩

눈을 눈만큼 아는 사람이 되려고
한 마디밖에 없는 마음을 부른다
마음은 이미 어디다 두고 왔는지
나는 말없이 이 강산에 있을 뿐
도무지, 도무지,
하고 살아왔다는 게
도무지 산목숨인지 아닌지도 모르게
눈은 또 내린다
아슬아슬한 삶처럼 내려서
내가 여기 있음도
그대가 여기 있음도
눈 속의 일로서 파묻으면
눈을 눈만큼 아는 사람이 되어야만
꺼내 보리니, 꺼내 보리니,
오늘은 사진첩 속에 있던 날이라고
꺼내 보리니, 꺼내 보리니,
눈은 또 내린다

바다

바다에 대해 쓰려고

바다로 간 내게

바다는 아무것도 보여주지 않는다

아예

바닷가를 걸어도 바다는 없다

내 두개골 속에만

머나먼 해안선이 있다

뚜렷하게 퀭한 눈알을 비우고

그 속으로 텅 빈 두개골

바닷물이 출렁출렁 들어와

텅, 텅, 울리는 소리

바다가 두개골인 사람에게

바다가 있을 리 없다

바다로 가서 바다를 보기엔

너무 텅 빈 두개골

기억조차 아예 텅, 텅, 비어버린

뒝벌

뒝벌이 날아드는 집에 살며
빼꾸기를 기다린다고 하였다
하루 종일 하루 종일
봉창 귀퉁이 오려 붙인 유리조각창
바투 내다보며 기다리는 게 일이었다
뒝벌이 벽을 돌며 웅웅거려도
빼꾸기를 기다린다고 하였다
아무도 오지 않는다고
오뉴월 볕 익어가는 하루 종일
곧 보리누름이었다
뒝벌 날아드는 집에 하염없이 있었다
기다리는 게 일이었다

쇠물닭의 책

—우포늪에서

마름 열매 까만 별처럼 물속에 가라앉은

가을 늪에 이르렀다

읽지 못하고 덮어둔 책들처럼

가을 늪은 어둡다

그러나 쇠물닭 날갯짓하던 물길은 어디엔가 있으리라고

눈을 열면 어두운 늪 속에 하늘이 열린다

어두운 게 아니라 맑은 것

땅과 함께 하늘이 열린다

푸드득푸드득, 살아온 날의 소리

가을은 잎사귀를 떨구며

뿌리마다 마음을 갈무리하고 있다

뿌리마다 마음을 닦고 있다

닦은 마음이 거울 되어 쇠물닭의 물길을 열면

읽지 못한 책들이

푸드득푸드득, 날개치며 살아나

맑은 페이지를 펼친다

마름 열매 별빛에도 글자들이 매달린다

굴뚝새

누군가가 불을 지른다
굴뚝새를 연기로 질식시키려고

새처럼 가볍게 살고 싶은 마음에
어느 날
굴뚝새의 주검을 손에 들었을 때
천근만근 무게에
눈을 감았다

새 한 마리 내 창가에 날아와 부딪는다
누군가 불질러주기를 바라면서

굴뚝새예요?

물구나무서기

—목인박물관

물구나무선 나무인형

고뇌에 비틀어지고 욕망에 딱딱한 모습은

상여에 오르자마자

온데간데없이 경쾌해진 사내

죽음을 하늘에 띄우는 재간을 부리고 있다

하늘에 발을 딛었기 때문이다

따라 할 수 없는 나는

하늘로 두 팔을 뻗쳐

어디선가 손에 잡힐 듯 잡힐 듯

사내가 띄운 죽음의 한 자락을 휘어잡는다

살아 있다는 표시를

어떻게든 해야 하니까

어떻게든 물구나무서기를 배워야 하니까

거꾸로가 바로가 되는 걸 배워야 하니까

명왕성, 행성의 지위를 잃다

별을 보며
가장 멀리 피어 있는 나를 보려 했다
태양계 가장 멀리 있는 행성인 명왕성에서
사랑의 마지막을 보려 했을 것이다
완성을 보려 했을 것이다
그런 어느 날 명왕성은 행성의 지위를 잃었다
이런 일도?
허둥대며 나는 어둠 바닥에 낮게 깔린다
내가 없어진다
별을 보며 여기까지 왔건만
冥, 冥, 冥, '어두울 명'으로 울고 있는 별은
어디에도 없고
나도 울음을 멈추어야 한다
울지도 못할 세상이 되기 전에
떠나야 한다

생선가시

김씨 시인을 안다
그는 어물전 주인처럼 생선들과 함께
살아간다
인천역 앞의 밴댕이회와 신포시장 안의 민어회
고육苦肉의 시를 쓴다
회 뜨고 남은 고독으로 매운탕을 끓일 때
시는 더욱 매워질 터이다
매운탕 바다에 눈시울을 적시고
그는 제물포 언덕 너머
고독의 가시들을 버리러 간다
아무도 안 보이는 곳에서
가시 속에 남은 눈물을 발라내려고
할 터이다
그러나 마른 가시는 그의 지팡이
눈물은 바다로 가서 출렁이는데
그는 가시 지팡이를 짚고 남처럼 서 있다

철새

철새들 乙乙乙 날아간다

乙乙乙

어디서 왔다가 어디로 가는지

모른다고 고개를 숙여야 한다

그러나 乙乙乙

고개를 들라고 날개를 친다

모름이 곧 앎이니

날아갈 뿐이니

삶이 곧 낢이니

날개를 친다

너는 어느 땅에 붙박혀 있는가

묻는 상형문자 乙乙乙

음역하여 내 삶에 숨을 불어넣는다

을을을을을을을을을을을을을…의

소리글자 날개

추억의 그림자

방구석에 숨어 겨울을 나는 쥐며느리
어느 날 천산갑처럼 기어오는데
바라보니
확대된 추억의 그림자
쥐며느리는 나름대로 살고
나도 나름대로
추억을 거느린다
그러나 쥐며느리는 우선 크기부터
결코 천산갑이 아니다
아니, 아닌 게 아니라
천산갑으로 보는 나부터 내가
아니다
멸종위기동물인 천산갑이
멸종 앞에서 추억을 내게 주려는 걸
알아야 하니까

어느 날의 공부

1. 동냥그릇

어디에 닿는지 알 수 없는 날이다
내 마음 동냥그릇 누가 내미는 날이다
지난 일 꿀꿀이죽만 질척하다

2. 비

그 여름의 비를 기억하면,
그 여름의 만남을 기억하면,
나는 너를 나라고 부를 수 있다

3. 누구일까

꿈속의 그림자 누구일까

아무도 없는데 누구 하나 없는데
눈에 비끼는 모습

4. 사락 책방

사락사락 겨울 나무에 내리는 눈
봄잎 내라고 사락사락
책갈피 넘기는 소리

구조라의 매화

—거제도 시편 1

뚫린 그물을 깁는 것처럼

이십여 년 전 구조라에서 소주를 마셨다

뚫린 위장을 기웠다

올봄에도 구조라초등학교 교정의 매화는

어디보다 일찍 피어

하늘도 뚫려 있다고 알리며

꽃잎이 하늘을 깁고 있었다

그러나 이십 년 전 술이 기운 것은 외로움일 뿐

그물코도 위장벽도 더욱 바랬다

이제 그것들의 구멍에서는

기울 수 없는 삶의 뒷모습만 그림자를 키우는데

표주박 같은 구조라 바닷가

술잔에 꽃잎을 띄워 누구에게 권하는가

무당개구리

—거제도 시편 2

지세포의 그 여자

그곳에서는 소설이 씌어질 거 같아

처음 와서 무작정 방을 얻었다고 했지

살던 것 다 버리고 와서

지세포에서 소설을 쓴다고 했지

그 말 무섭고 무서워

비 오는 언덕길 무당개구리처럼

빨갛게 뒤집혀 나는 질렸지

지금 무당개구리 볼 수 없어도

그 여자의 이름도 소설도 모르는 채

어디선가 무당개구리 우는 소리에

내 잠은 뒤집혀

무섭고 무서운 길 더듬어간다

소설이 어디에 있는가 알기 위하여

지심도, 사랑은 어떻게 이루어지나

—거제도 시편 3

사람들은 사랑을 알려고 섬에 온다
마음의 속삭임에 귀기울여
처음이며 마지막이 무엇인지
배워야 하리라고
처음과 마지막이 동그라미가 되어
하나가 되는 동안이
우리가 사는 동안이 되도록
이루어야 하리라고
세상에서 가장 외로운 건 섬이니까
마음이 섬이 되리라고
그대와 나의 동그라미를
만들어야 하리라고

비스듬히

—거제도 시편 4

지심도를 멀리서 보려고

포구 끝으로 갔다

기슭 위쪽으로 비스듬히

비스듬히 바다는 기다리고 있다

섬도 수평선도 비스듬히

숨이 가빠온다

아직 마를 새 없는 옷을 걸치고 달려오는

섬은 수평선에 걸려 있는 약속인가봐

하나, 둘, 셋, 잊지 않으려고

맺어놓은 약속

새가 파도를 타고 기다리는 사이로

새가 구름을 타고 기다리는 사이로

가장 멀고 빠른 몸짓이

비스듬함의 간절함을 배우고 있다

생선구이

—거제도 시편 5

안개 때문에 배를 볼 수 없다
나는 생선구이를 뒤집지 않는다
배가 뒤집혀서는 안 되기 때문이다
부리로 가다듬은 새들이
외로움처럼 날아오르면
그때는 삶을 반성하게 되겠지
내가 왜 포구에 와서 갈 곳 없어 하는지
매표소에 물어보며
차라리 안개초등학교 폐교에 등교하는 나를 보게 되겠지
안개경적을 울리며 어디론가 날아가는 새들
그 틈에 어른거리는 내 그림자를 보게 되겠지
생선구이를 뒤집는 짓은 하지 않으니까
안개 때문에 내 과거는 볼 수 없다고
생선구이를 앞에 놓고

가야산 공산명월 1

—도솔도솔

예전 나 땀 흘리던 울력을

달이 비춘다

어 그놈 힘 좋다

젊은이에게 노사가 던지는 말

힘없는 나는 휘청거린다

휘청 휘영청

달빛이 떴다

공상명월 끗발에 나는 눌린 채

눈시울을 적실 여유도 없었다

나도 옛 내가 아니니

달도 옛 달이 아니겠건만

어디선가 도솔도솔

옛 달이 말을 건넨다

어 그놈 아직 살아 있구나

노사가 달빛 아래 섰다

네 공양 올리옵니다 저 달빛

가야산 공산명월 2

—수월수월

지하 이백 미터에서 뽑았다는

가야산 벽계청수

피부미용과 위장병에 탁월한 효과

예전 지족 도솔암 곁을 흐르던 냇물일까

소리에 귀기울여 바라보니 공산명월

내 이제 한 권의 책을 엮어

달빛 아래 이르렀다

세상은 대장경 천년이라지만

내 가야산 달빛 삼십여 년

겨우 여기에 이르렀다

스님 스님 어딜 가시오

달빛은 갈 길 바쁜 노사를 불러세운다

냇물아 냇물아 내 갈 길 알려다오

소리에 귀기울인 채

나는 냇가에 앉아 수월水月거린다

가야산 공산명월 3

—발긋발긋

호텔 벽 액자에 웬

웬 김점선 그림 맨드라미

예전엔 몰랐던 발긋발긋

달빛도 휘영청 발긋거린다

김점선 내 그림 힐끗 보고 아무 소리 안 하고

어느 날 저세상 가더니

맨드라미 머리로 발긋발긋

저 빛깔일 때 내 헤매어 온 가야산

신발 한 짝 제대로 못 꿸

도무지 막막한 비탈

자 울력합시다

무겁디무거운 수박 짐 지고 와

와락 쪼갠 그 맨드라미빛

비탈길 내려가는 귓속 휘영청

남한강에서 공부하다

1

흐를 곳이 없어서

오랜 인생 끼룩거렸다

끼룩거린 게 뭐냐고 묻는다면

어둠속에서 좀비처럼 말할 수 있다

흐를 곳 없어서 운 속울음!

아니, 국어사전에 있듯이

'끼룩(부) 무엇을 내다보거나 삼키려 할 때 목을 길게 빼어 앞으로 쑥 내미는 모양'도

내다보지도 삼키지도 못하고

흐를 곳을 찾는

외로운 이 있거든

그리운 이 있거든

국어사전을 옆구리에 끼고

강물이 흐르는 걸 보기 바란다

2

물을 찾아가는 동안

뜻밖에 나타난 낙타

낙타가시풀에서 짜낸 한 방울 물을

내게 대신 주려 한다

낙타는 아마 죽음을 각오한 듯하다

보타락가산에서 내려오는 길인 듯하다

한 방울 물의 가르침은

죽어가는 낙타만큼 무겁다

모든 삶이 한 방울 물 위에 목숨을 일군다

얄룽창포강의 많은 물보다 많은 물이

낙타의 뜻에 숨어 있다

빈 가죽물주머니를 짊어지고

어디론가 가는 내게

낙타는 마지막 축복을 내리고

나는 2228번 녹색 버스를 탄다

그곳에 수자원 보호지역이 있기는 한지

3

물을 마신다
누군가가 바가지 위에 버들잎을 띄워서
후후 불지 않을 수 없다
물에 체하면 약도 없다던데
세상을 참 오래도 살았다
죽은 사람들은 과연 이 세상에 살았던 적이 있을까
내 죽음에 묻고 싶은데
나는 버들잎 일엽편주에 실려 유배 가는 길
옛날 육이오 때 죽은 이웃집 소녀의 환생을 보러 가는 길
KBS 차마고도를 따라가는 길
역무원도 없는 아신역에서 삼등열차를 내린
그림자 같은 내 모습

물을 마시면서 얼굴을 비춰보았다

삶에는 짧고 길고가 없다고 말할까 하다가

말상대가 나란 걸 알고 흠칫

입을 다물었다

도리질

아직도 그곳에 있는가
내 가장 헤맬 때 가서 쌀죽 먹고
계곡 물소리에 오한이 나던 곳
일타스님 의자 내놓고 앉아 내 고백을 듣던 곳
거짓말인지 참말인지 나도 몰라
아궁이에 불 지펴 밥 지으면서도 마음 저울질하던 곳
서른 갓 넘어 벌써 기울어진 몸으로 목도 울력 뒤뚱뒤뚱
새벽 법당 촛불들 켜기에도 허정거리며
큰스님 눈 바로 쳐다볼 겨를도 없던 곳
아직도 그곳에 있는가
아니 예전에도 본래 없던 그곳에 내가 갔겠지
아니 아예 가지도 않았겠지
어쩔까 어쩔까 하다가 야반도주한 건 누구였을까
없는 그곳에 가지도 않은 내가
아랫동네 여관에서 소주 병째 들이켜 쓰러졌다니
뒷날 일타스님 다비식에 가서
신갈나무 숲길을 올라

본래 없는 그곳을 아예 가지 않은 나를
거짓말인지 참말인지 보고 또 보면서
그곳에 가보자는 말에는 도리질만 쳤다
도리질만 쳤다

두 개의 도자기를 기림讚

1. 용 그림 항아리(백자 철화 운룡문 원호)

온 하늘을 날아다니는 용을 본 적이 있는가. 어느 날, 그날이 화안한 날인지 어둑신한 날인지 기억은 아득한데, 하늘을 올려다보고 있다가 무엇인가 가슴 빽빽하게 밀려오는 걸 보듬었다. 무엇일까. 오래전에 가버린 사람의 마지막 말일까. 아니, 무지갯빛 어디엔가 아련하고 지워진 건 아무것도 없이 새록새록 살아나는 그리움의 비늘.

구름을 품은들 무엇하랴. 살아 있음을 보여주는 그것만으로도 와락 달겨드는 마음을 어쩌지 못해 용은 겸연쩍기조차 하다. 한쪽 눈은 살포시 비끼고 온 하늘을 안겨주면서도 못다 한 그리움에 마냥 콧날이 아려온다. 어쩔 수 없이 머리갈기를 온통 날리며 맨얼굴을 마주 들어 이제까지 볼 수 없었던 그 모습으로 다시금 가슴 가득 삶을 낳는다. 머리끝에서 꼬리끝까지 품은 사랑의 새 얼굴이다.

2. 갈대 오리 무늬 향그릇(청자 상감 노압문 향합)

갈꽃 휘어 내린 물에 오리 둘은 정겹다. 갈꽃이 피기까지 함께 해온 긴 여정이 드디어 오붓한 못가에 둘만의 눈을 맞춘다. 삐죽이 잎새를 뻗쳐 오리를 맞이한 갈대는 기다림을 들려준다. 이삭이 패면 만나리라고, 어김없으리라고 기다려온 나날. 오리 둘이 모를 리 없다. 고요한 물 위에 일으킨 물결이 갈꽃을 감싸들 듯하면, 그곳이 여기인 줄 오리 둘은 안다. 찾아온 곳이 바로 여기라고 뒤돌아보는 오리의 눈짓에 늦을세라 뒤따르는 오리의 마음은 달뜬다.

이제 갈대는 외롭지 않다. 물오리와 함께 기다림을 나눈다. 두 줄기 갈대와 두 마리 오리의 보금자리. 맑은 향합香盒이 열리면, 향긋한 사랑이 번져나가리.

고래의 일생

2006년 12월 15일 장생포 앞바다에서 길이 7미터 무게 4톤짜리 대형 밍크고래가 그물 속 문어를 먹으려다 걸려 죽은 채 끌려와 4천만 원에 경매되었다고 한다

1969년에 '고래'라는, 태어나지도 않은 시 동인지가 있었다

몇 해 전에 세상을 뜬, 조선일보 당선 시인 임정남이 모임에서 내놓은 이름이었다

꿈

미얀마 길거리에서

향초香草 잎사귀에 말아 파는

씹는 담배

이름이 '꿈'이라고 해서, 다시 한 번 묻는다

"꿈!"

그곳 남자들이 씹어 뱉는 침의 핏빛

'꿈'의 꿈길을 걷다가

어느새 맵싸하게 입안이 아려

온몸이 아린 고향길

금박종이를 파는 소녀가 시키는 대로

불상에 개금改金 시늉을 한다

옛 시골집 뒤란에서 꾼 꿈이기도 하다

어디에 나는

—박영한에게

풀벌레 소리 높아진 무렵

흰 옥잠화, 참취, 까실쑥부쟁이꽃

노란 고들빼기, 짚신나물꽃

보라 벌개미취, 방아꽃

붉은 여뀌, 쥐손이풀, 울타리콩꽃

이제 끝물 꽃마저 떨어지면

가을 더 짙어지고

덧없이 떠나간 사람 목소리 또렷해

잠 못 들겠지

이 빠져 입술 오물거리는 꽃잎을 보며

비어 웅크린 매미 허물을 주우며

멍든 이파리 푸서리를 기웃거리며

그리움의 뼛가루 어디에 흩을까

저물도록 머무는 이 시간

어디에

어디에

그 어디에

나는 있는가

용담꽃

용담꽃 피기 시작하니

가을이 깊어가는데

남색 저고리 입고

남색 추억을 저미고

가을이 아파오는데

용의 쓸개처럼 쓰다는 그 뿌리를 혀로 녹이며

마치 마지막 밤을 밝히듯이

삶의 쓴 물로

새로 태어난 배냇등불을 켜네

소설가 Y씨의 하루

소설가 Y씨는 예전에 시를 썼다고 한다
요즘은 안 쓰느냐고 묻는 사람도 있다
나는 그를 알고 있다
꽃을 가꿔 식물학자 흉내도 내고
술을 마셔 고래 흉내도 내며
세상을 거꾸로 보려 하지만
사랑이 그를 가로막는다
아무리 물구나무서서 세상을 가도
사랑이 바로 보라고 꾸짖기 때문에
그는 늘 불안하다
불안이 그의 생명이다
그래서 꽃 피면 꽃 지면 한잔하자고
누구에게나 보챈다는 것이다
소설가 Y씨는 예전에 시를 썼다고 한다
헛소문일지도 모른다

사나사舍那寺에서 여쭙다

산길이 어디론가 사라진다
그러므로
길을 잃지 않으려고
그곳으로 간다
사랑을 알면서 젊음은 이미
병이 깊듯이
젖이 홀쭉해진 새 한 마리 키우며
젊음을 바쳐 그곳으로
가서 젖비린내를 맡는다
그리하여
잃어버린 길을 더듬는다
어디에도 없는 길이 나타나
홀연히 나비 떼를 이끌고 있다
새똥과 나비날개 가루와 내가 함께
함께 여쭙는다
어디서 와서 어디로 가는지요……
이것이 무엇인지요……

몰랐습니다

헌 지갑 속에 넣어둔 걸 몰랐습니다
헌 구두 속에 넣어둔 걸 몰랐습니다
헌 트렁크 속에 넣어둔 걸 몰랐습니다
몰랐습니다, 그대 아직도
책갈피 속에
서랍 속에
봉투 속에
그대 있음을
몰랐습니다, 그대
천둥소리 속에
소나기 속에
잎사귀 스치는 바람 속에
기도하고 있음을
몰랐습니다, 그대
봄, 여름, 가을, 겨울 속에
아직도 꽃 피우고 꽃 지우고
그대 못다 한 눈매로 내게 있음을

몰랐습니다

몰랐습니다

'스카즈카(童話)' 카페

—중앙아시아의 고원에서 1

키르기스의 산기슭 이식쿨 호수에서 돌아오던 길
주머니에는 한때 세월 좋던 루블 대신 텡게
종이쪽지 돈 몇 푼
그러나 나는 카페 이름을 읽으며 멈추었다
카페 '스카즈카(СҚАҘҚА)-동화(童話)' 카페
혼란과 굶주림의 중앙아시아에
보로딘의 선율은 들리지 않고
그러나 폐허 유적처럼 남아 있는 동화의 세계
양고기구이와 양배추 수프와 검정 빵의 동화
내 굶주림은 한 잔의 떫은 사과술에
슬프고 외로운 존재를
스스로에게 물어보고 있었다
양 떼, 말 떼, 소 떼, 낙타 떼에 실린
내 잃어버린 동화의
헌 책 한 낱장 얻어 읽고 있었다

나인지도 모른다
—중앙아시아의 고원에서 2

낙타가시풀 듬성듬성한 초원으로
양 떼를 몰고 가는 사내
나인지도 모른다
천산 아래 양고기 꼬치를
굽는 사내
나인지도 모른다
허리춤에 단도를 꽂고
먼 사막 해 지는 걸 좇아
어디론가 가는 사내
나인지도 모른다
옛날 바다였다는
돌소금 깔린 황량한 광야
한 마리 들짐승처럼
나는 헤매었다
내가 누구인가를 아는
그것이 사랑이라고
부르기 위하여

핀란드의 숲

국경 쪽으로 떠났다

표트르 황제가 빼앗은 핀란드 땅

거친 숲 속에 숨어 있는 러시아

떠남과 삶과 보드카와 함께

서울에서의 마지막 며칠이 떠오르고

어둠이 깃드는 저녁 호숫가에서

사진을 찍었다

레닌이 은신해 있었다는 집 근처

무거운 하늘이 역사적으로

내려덮이는 걸

간신히 빠져나올 수 있었다

뒤돌아보니 숲속 어디선가

철갑상어들이 서성거리며

우리 사진을 들여다보고 있었다

자작나무 숲

하얀 자작나무
우거진 숲
상트페테르부르크 근교
흐린 불빛
밤열차 달려가면
하얀 그리움
우거져 숲이 된다

자하문 고개

새벽에 깨어
이제는 무색한 혁명 기념탑
광장을 내려다본다
황막한 러시아 땅 며칠째 지날 때나
핀란드의 숲을 바라보던 때나
푸시킨, 톨스토이, 도스토예프스키, 표트르, 예카테리나
그 이름들 지날 때나
그대 자하문 고개에 서 있었다
네바 강 기슭의 흰 자작나무처럼
로스트랄 등대의 불꽃처럼
성 이삭 성당의 궁륭 지붕처럼
길가의 가을 민들레처럼
여름궁전 숲 속의 바람처럼
그 자하문 고갯길 그대
시시각각 내게 서 있었다
영원은 짧고 순간은 길다

부석사

다래가 익는

처서 가까운 날

부석사 사랑 가슴에 저려

나이 먹은 초발심初發心

따라 저리다

한 마음 돋우려 가을에 이르렀건만

저린 마음 자칫 흐려질까봐

안개에 높은 죽령 고갯길

님 모습 자꾸만 가슴에 여며

눈물 젖는다

해설

영원한 사랑의 아픈 내력

이승원(평론가·서울여대 교수)

1879년 여름 스페인 산탄테르의 재야고고학자 사우투올라가 여덟 살 난 딸을 데리고 알타미라동굴을 답사했다. 사우투올라가 동굴을 밝히는 등불을 높이 쳐들었을 때 천장을 올려다본 어린 딸 마리아가 소리쳤다. "아빠, 소가 있어요!" 사우투올라는 이미 여러 번 동굴을 탐사했지만 천장의 벽화를 보지는 못했다. 어린이의 천진한 눈에 선사시대의 그림이 쉽게 포착될 수 있었던 것일까? 이로써 위작 논란까지 불러일으킨 일만 오천 년 전의 그림이 세상에 알려지게 되었다.

그로부터 다시 세월이 흘러 1940년 9월 프랑스 남서부 도르도뉴의 베제르 계곡 부근에서 네 명의 호기심 많은 소년들에 의해 구석기시대의 동굴 벽화가 또 발견되었다. 이 동굴 벽화는 어느 한 시기에 그려진 것이 아니라 만 년 이상의 시간이 흐르면서

누적되어온 것으로 밝혀졌다. 두 동굴의 벽화 모두 사실적인 기법과 소박한 채색으로 동물의 생동하는 모습을 담아놓았다.

수렵과 채집만으로 생활을 해갔던 구석기 시대 사람들에게 이 벽화는 어떤 의미를 지니고 있었을까? 동물의 움직이는 형상으로 볼 때 수렵의 성공을 기원하는 주술적 의미를 지닌 것으로 대부분의 고고학자들이 해석하고 있다. 가능한 한 실제와 똑같은 모습을 그려야 동물의 육체를 완전히 장악하여 사냥에 성공할 것이라고 그들은 믿었을 것이다. 그래서 그림 그리기를 맡은 사람들(이들을 화가라고 부를 수 있을까?)은 가능한 한 동물들의 움직이는 모습을 그대로 재현하려 애썼던 것 같다. 그림 그리는 과정이 반복되면서 구석기시대의 화가들은 이왕이면 사실적이면서도 멋진 그림을 그려보겠다는 생각을 하게 되었을 것이다. 동굴에 그려진 그림은 채색화도 있고 선각화線刻畵도 있다. 이왕이면 자신의 그림이 동굴 벽에 오래 남기를 바라는 마음에서 적절한 조치를 취했을 것이다. 자신의 존재는 유한하지만 자신이 그린 그림이 동굴 벽에 영원히 남는다면 자신의 영혼도 그렇게 영원히 지속될 것이라는 생각을 했을지도 모른다. 다른 누구도 그릴 수 없는 자신만의 그림을 그린다면 영혼 불멸을 얻을 수 있다는 생각. 거기서 예술품으로서의 그림이 창조된 것이다. 이렇게 보면 모든 예술의 근원에는 영원에 대한 소망이 도사리고 있다고 말할 수 있다.

인간이란 오묘한 존재다. 말하고 생각하고 상상하고 판단하는 인간은 그 사고의 능력으로 영원이라는 추상 개념을 설정했다. 자신의 실존적 시간은 한정되어 있고 육체적 동작은 지상에서 사멸하지만 자신의 손과 머리를 이용해 만들어낸 그 무엇이 저 아득한 미래에 전해진다는 사실에서 영혼 불멸을 상상한 것이다. 종교가 무형의 신앙으로 영원을 추구하는 데 비해 예술은 가시적 창조물에 의해 영원을 설계한다.

문자로 기록을 남기는 모든 행위에도 영원에 대한 지향이 담겨 있다. 돌과 쇠에 새겨진 온갖 비문과 축문들이 그 증거다. 언어 예술인 문학 역시 인간이 자신의 유한성을 넘어서서 불멸의 생명성을 얻고자 한 치열한 노력의 과정을 함축하고 있다. 일찍이 시인으로 이 길에 들어선 윤후명은 시집 《명궁》(1977)을 간행하고 이후 소설가의 길을 걸었다. 그의 소설은 꿈과 현실의 이중구조를 통해 인간에게 초월이 어떤 의미를 지니는가를 탐구했다. 그런 점에서 그의 소설은 가장 시적인 구조를 지니고 있었고 또 그런 점에서 1980년대 소설의 흐름에서 가장 이질적인 자리에 놓였다. 그러한 그가 출발점인 시로 다시 돌아와 한 권의 시집을 간행하는 것은 대단히 상징적이고 의미 있는 일이다. 그는 원점으로 회귀하여 가장 본질적인 국면에서 언어를 통한 영원 추구를 시도하고 있다. 그의 영원 추구는 죽음, 사랑, 그리움, 진실 등의 시어와 연결된다. 그만큼 그의 시작 태도는 실존적이고 자아

성찰적이다.

> 용담꽃 피기 시작하니
>
> 가을이 깊어가는데
>
> 남색 저고리 입고
>
> 남색 추억을 저미고
>
> 가을이 아파오는데
>
> 용의 쓸개처럼 쓰다는 그 뿌리를 혀로 녹이며
>
> 마치 마지막 밤을 밝히듯이
>
> 삶의 쓴 물로
>
> 새로 태어난 배냇등불을 켜네

—〈용담꽃〉 전문

이 시는 자아와 대상의 상호 관계가 눈에 띄게 전경화된 작품이다. 용담은 가을에 남색 꽃이 핀다. 그 빛깔 자체가 슬픔의 채색이다. 지독히 쓴맛을 내는 뿌리는 건위제로 쓰인다.

용의 쓸개처럼 쓰다 하여 용담龍膽이란 말이 붙었다. 쓴 맛이 환기하는 아픔은 사랑의 슬픔과 연결된다. 아픔 없는 사랑이 없고 쓰지 않은 사랑이 없다. 슬픔으로 채색된 용담꽃을 바라보며 사랑의 추억과 삶의 아픔을 떠올린다. 사랑의 추억 역시 기쁨보다 슬픔이 많다. 그중에서도 사랑의 아픈 추억을 진하게 떠올리는 것은 삶의 마지막에 이르렀을 때, 삶의 막판을 바라볼 때다. 그때 용담꽃의 남색 빛이 제대로 비치고 사랑의 아픔과 추억의 슬픔이 제 빛깔을 드러낸다.

시인은 "마지막 밤을 밝히듯이/삶의 쓴 물로/새로 태어난 배냇등불을" 켠다고 했다. '배내'란 "날 때부터나 배 안에 있을 때부터 가지고 있음"이라는 뜻이다. 용담꽃이 슬픔의 빛깔로 피어나듯이 시인도 태어날 때부터 지니고 나온 탄생의 등불을 새롭게 밝힌다. 그 등불은 기름으로 점화되는 것이 아니라 "삶의 쓴 물"이 발화의 동력이 되고, 생의 "마지막 밤을 밝히듯이" 가장 극적인 운명의 방식으로 우리에게 다가온다. 그렇게 탄생과 종말이 겹쳐지고 순환될 수 있다면 생의 마지막 밤은 삶의 첫 새벽이 된다. "배냇등불"은 신생의 기쁨을 밝히는 축복의 등불이 되는 것이다.

이것은 용담꽃을 통해 상상을 한 것이고 실제 현실에서는 이런 일이 일어나지 않는다. 마음으로는 고향에 가고 싶고 고향으로 갈 수 있다고 생각하지만 세상일은 뜻대로 되지 않는다. 사람은 고향을 옆에 두고도 고향에 들어가지 못하고 평생 그 주위를 헤맨다. 마치 신기루 속에서 사막을 헤매는 순례자와 같다. 종국에는 사막을 떠도는 낙타가 되고 사막에 솟아난 낙타풀이 된다. 어떻게 보면 우리의 영혼이 영원한 것이 아니라 우리의 방황과 슬픔이 영원한 것 같다.

언젠가는 가려고 했던 곳이 있었습니다
그곳이 어디인지 몰라서 떠돌다가
젊어서도 늙어 있었고
늙어서도 젊어 있었습니다
무지개가 사라진 곳에 있다고도,
사랑이 다한 곳에 있다고도,
슬픔이 묻힌 곳에 있다고도,
짐짓 믿었습니다.
그러나 어디인지 그곳은 끝끝내 멀고 아득하여
세상 길 어디론가 헤매어 갑니다
꽃 한 송이 필 때마다 그곳인가 하여
영원히 머물면서 말입니다

—〈고향〉 전문

이미 사랑의 종말을 맛본 사람은 젊은 나이에 노년을 체험한 사람이다. 세상이 슬픔의 빛깔로 가득 차 있다는 것을 아는 사람은 청춘이 곧 노년이다. 그러나 그렇게 자멸의 의식으로 한 세상을 보내면 늙어서도 오히려 젊은 사유를 유지할 수 있다. 이미 절망의 끝판을 보았기 때문에 웬만한 세상사의 곡절에는 눈도 깜짝하지 않는다. 자멸의 청춘기를 보냈건 달관의 노년기를 보냈건 사람은 안식의 자리를 원한다. 마음 편히 쉬면서 마음대로 몸을 굴릴 수 있는 곳, 그것을 상징적인말로 고향이라고 한다. 우리가 머물고 싶어 하는 고향은 멀고 가까움을 떠나서 존재와 부재의 지평에서 벗어나 있다. 그것은 실제 가부를 떠나 의식 속에서 영원히 추구되어야 할 그 무엇이다. 그런 점에서 고향은 영원이 동의어다. 고향의 기미를 드러내는 작은 조짐이라도 보이면 그곳으로 달려가지만 고향은 없고 아득한 동경의 지평만 펼쳐질 뿐이다. 고향은 신기루 속에 영원히 유전하는 오아시스의 환영이다. 그래서 그것은 불교에서 말하는 윤회의 시간 같기도 하다.

태어나서 처음 가보는 곳이다
감자 한 알을 삶아 몸통을 가르면
나는 몇백 년 전에 죽었는지
혼자 외롭다
빵 속에 밀알들이 가루가 되어
윤회를 기다리는 산기슭
어디서
길 잃은 나그네가 끌고 온 짐승의 등에는
미라 몇 구具가 얹혀 있다
외롭거든 안장으로 쓸 테니
내 과거를 게워내라는 것이었다.

—〈여행〉 전문

윤회의 수레바퀴를 도는 그의 여행은 몽환적이다. 길을 떠나기만 하면 그는 늘 태어나서 처음 보는 신기한 곳에 닿는다. 마치 꿈속의 여행 같다. 감자 한 알을 잘라 속살을 보아도 자신의 수많은 전생이 담겨 있는 것 같다 괴롭고 끔찍하다.

악몽도 그런 악몽이 없다. 시인은 그때 자신의 수많은 분신을 보고 오히려 외로움을 느낀다. 그 어느 것에도 자신의 실체가 없기 때문이다. 빵을 잘라보아도 밀가루의 입자들이 모두 자신의 내력을 속속들이 드러낸다. 세상은 윤회를 벗어나지 못하고 모든 사물에는 윤회의 입자가 가득 차 있다.

나그네가 사냥하여 등에 지고 온 짐승의 몸뚱아리에도 윤회의 흔적처럼 미라 몇 구가 실려 있다. 그러니 이런 윤회의 도가니에서 나 자신은 몇 겹의 과거 전생을 거쳤는지 알 수 없다. 나의 과거를 모두 토설해내라는 듯 감자 한 알로부터 사냥감에 이르기까지 내가 만나는 모든 것은 과거의 형적을 들추어낸다. 우리는 윤회를 피할 수 없다. 나의 전생은 무엇이고 후생은 무엇인가? 그렇게 우리가 삼세를 떠도는 것이라면 고향이란 것도 어디에 정해져 있는 것일 수 없다. 떠도는 것이 존재의 본질이고 습성인데 고향이 어디 있단 말인가? 그러므로 우리에게 진실한 것은 이승의 인연이 끝나고 세상 저편으로 떠날 때 남길 마지막 그 모습이다.

고향은 확정할 수 없지만, 마지막 모습만은 결코 부정할 수 없다.

눈으로 날아든 날벌레
그 주검을 넣고 가는 길
어디선가
툭, 소리가 난다
마음이 덜컥 한다
열매가 떨어지는 소리인가
툭,
세상과 끈이 끊어져
하늘 저쪽으로 멀어졌다가
이 땅에 떨어진다
추녀 밑에 떨어지는 낙숫물 소리
추억을 버린 빈 술잔을 채울 때
그동안이 마지막 사랑을 외치는 시간
영혼이 자기를 부르는 소리와
마주친다

—〈시간의 소리〉 전문

모든 존재에게 마지막은 진실이다. 세상을 떠나는 끝판에서 거짓을 말하는 사람은 없다. 만일 그 마지막 순간에도 제조되는 거짓말이 있다면 그것은 인류를 살릴 만한 위대한 거짓말일 것이다. 그래서 "마지막이란/그래도 진실이 틀림없을 테니까"(〈왜냐하면 마지막이란〉)라고 시인은 썼다. 마지막 순간은 열매가 떨어지는 소리가 툭 하고 나는 그 시간이다. 눈으로 날아든 작은 날벌레도 죽음의 마지막 순간이 있고 긴 숨길을 가진 우리도 막판에 내뱉을 마지막 호흡이 있다. 날벌레의 마지막 숨결이 오고 가는 순간, 어디선가 툭 하는 소리가 나고 지구 저편에 사과가 떨어지고 사막 저편에 회오리바람이 분다. 그것은 피할 수 없는 세상의 이치다.

그 마지막 시간에 세상과의 끈이 끊어지는 것이지만 윤회의 사슬에 의해 세상 저편에 다시 끈이 이어진다. 윤회는 이렇게 지루하고 슬픈 것이다. 인연의 끈이 남아 있는 한 윤회의 바다에서 벗어나기는 힘들다. 마지 추녀 밑에 떨어지는 낙숫물 소리가 음역의 간단間斷을 보여주듯이 삶과 죽음도 그렇게 간단으로 이어진다.

끊어질 듯 이어지는 추억을 빈 술잔으로 채울 때 마지막 사랑이 새로운 사랑으로 솟아오른다. 그렇게 마지막 사랑을 외칠 때 비로소 영혼이 자기를 부르는 소리와 마주친다. 이것이 생의 종말이 우리에게 선사하는 기적이다. 이 기적은 마지막 이 진실이라는 사실에서 탄생한다. 영혼이 자기를 호명할 때 우리는 자신의 실체를 만나고 세상을 지탱해 갈 수 있는 사랑을 얻는다. 그때 얻는 사랑은 질실하고 강력하다.

먼 길을 가야만 한다

말하자면 어젯밤에도

은하수를 건너온 것이다

갈 길을 늘 아득하다

몸에 별똥별을 맞으며 우주를 건너야 한다

그게 사랑이다

언젠가 사라질 때까지

그게 사랑이다

—〈사랑의 길〉 전문

은하수를 건너고 대륙붕을 건너지만 그 아프고 긴 세월은 중요하지 않다. 마지막에 얻는 사랑이 중요한 것이다. 사랑이 우리를 인도하여 우리를 어디에 이르게 하고, 거기서 떠나 우리를 다시 사라지게 한다. 사랑의 목적은 소멸이다. 고향에 도착하는 순간 우리는 윤회의 굴레에서 벗어나 영원의 세계로 분해된다. 그 일탈과 변화의 메커니즘은 알 수가 없다. 어떻게 변해서 영원을 얻는 것인지, 영원은 왜 소멸로 이어지는지 우리는 알 수가 없다. 다만 사랑이 커다란 동력으로 작용할 것임을 시인은 우리에게 알려준다. 우주를 건너고 우주 저편으로 사라질 때까지 사랑에 몸을 맡기면 된다. 사랑이 있다는 사실이 눈물겹도록 고귀하다. 은하수를 건너 별똥별을 맞으며 우주를 건너게 하는 사랑이 있는 한 인간은 영원하고 영혼도 그렇다. 그런 영원의 사랑, 불멸의 영혼이 건네주는 선물이 "쇠물닭의 책"이다.

마름 열매 까만 별처럼 물속에 가라앉은
가을 늪에 이르렀다
읽지 못하고 덮어둔 책들처럼
가을 늪은 어둡다
그러나 쇠물닭 날갯짓하던 물길은 어디엔가 있으리라고
눈을 열면 어두운 늪 속에 하늘이 열린다
어두운 게 아니라 맑은 것
땅과 함께 하늘이 열린다
푸드득푸드득, 살아온 날의 소리
가을은 잎사귀를 떨구며
뿌리마다 마음을 갈무리하고 있다
뿌리마다 마음을 닦고 있다
닦은 마음이 거울 되어 쇠물닭의 물길을 열면
읽지 못한 책들이
푸드득푸드득, 날개치며 살아나
맑은 페이지를 펼친다
마름열매 별빛에도 글자들이 매달린다.

—〈쇠물닭의 책—우포늪에서〉 전문

우포늪은 무량한 역사성을 가진 공간이다. 그것은 신화가 숨쉬는 공간이다. 총면적 칠십만 평에 이르는 광활한 우포늪은 일억 년 이상의 시간의 지층을 거느리고 있다. 일만 년 전부터 빙하가 녹기 시작하면서 하수가 형성되고 해수의 표면이 점점 높아져 지금의 우포늪이 형성되었다. 우포늪은 하늘과 땅 모두를 포함하여 태고의 신비를 그대로 간직하고 있는 신비로운 공간이다. 이 거대한 공간을 시인은 "마름 열매 까만 별처럼 물속에 가라앉은/가을 늪"으로 축소했다. 어두운 가을 늪은 읽지 못하고 덮어둔 책들 같다. 그 둔중한 무채색 음영에 새로운 하늘을 열어주는 것이 쇠물닭의 물길이다.

쇠물닭은 우리나라 습지에 여름에 서식하는 뜸부깃과의 철새다. 검은색 몸체에 붉은 부리를 한, 닭과 비슷하게 생긴 물새인데 물 위를 떠다니다 늪지를 걸어 다니기도 하고 다시 하늘로 날아가는 모습이 경쾌하고 이채롭다. 쇠물닭의 날갯짓이 열어놓은 물길은 하늘에 맑은 길을 내어 경쾌한 소리를 울려 퍼지게 한다. 푸드득푸드득 하는 날갯짓 소리는 삶의 물길을 여는 소리이자 영혼의 행로를 알려주는 소리다.

이미 잎사귀가 떨어져 시들어가는 물풀들이지만 물풀의 뿌리에는 겨울을 날 생명의 기운이 스며들고 있다. 푸드득푸드득 하는 소리는 물풀의 뿌리는 물론이요 우포늪을 바라보는 시인의 마음도 신생의 기운으로 바꾸어준다. 시인은 이제 둔탁한 무채색

표지를 열어 읽지 못한 책의 맑은 페이지를 펼친다. 보이지 않던 순금의 글자들이 앞을 다투어 수면 위로 솟아오른다. 잎사귀 떨어진 마름 열매에도 신생의 글자들이 이슬처럼 맺힌다.

여기서 마지막은 처음이 되고 처음의 진실이 마지막의 진실이 된다. 영원이 따로 있는 것이 아니라 여기가 영원이다. 고향이 따로 있는 것이 아니라 여기가 고향이다. 이 영원은 사랑으로 빚어졌다. 우포늪과 쇠물닭과 마름 열매와 별빛의 기운으로 지펴졌다. 사랑은 영원을 지켜주는 찬란한 보석이다. 사랑을 그렇게 아득한 갈 길을 이어주고 은하수 너머 별똥별을 맞아들인다. 그러나 사랑의 행로는 슬픈 추억으로 아프게 다가온다. 윤후명은 영원한 사랑의 아픈 내력을 시로 엮었다. 그늘과 나비날개와 젖내음의 시어로 사랑의 내력을 담담히 작성했다. 그 어눌한 담록淡綠의 향기에 축복 있으리라.

4부

대관령

시인의 말

대관령은 내게는 언제나 구체적이지 않고 추상적으로만 받아들여진다. 대관령을 넘어 강릉을 떠난 적은 있어도 강릉으로 돌아간 적은 없었다는 어떤 '관념'에 사로잡혀 있었다. 전쟁이 끝나던 여덟 살 때, 나는 군용 지프차를 타고 대관령을 넘었다. 그것이 마지막이었다. 그 뒤 몇 번 동해 바다로 갔었어도 나는 여전히 군용 지프차 뒷자리에 올라앉아 그곳을 떠나고만 있었다.

그 어린 아이는 일흔 살을 넘기고 늙은 모습, 군용 지프차 뒷자리에 앉아 영원히 잃은 고향을 등지고 있는 모습의 좀비다. 추상抽象과 역리逆理로만 고향길을 더듬고 있는 존재인 것이다.

오늘 그가 '대관령의 사랑'으로 다시 고향을 향한다. 좀비의 마지막 몸부림으로, 추상과 역리를 이겨내고 내 모습을 찾는 '사랑' 찾기, 즉 '사람' 찾기라고 할 수 있다.

2017년 11월

천산天山을 향하여

천산이 있었다
호수 건너 멀리 저편 흰 만년설을 이고
나를 기다리듯
내가 바라보는 게 아니라
나를 바라보듯 솟아 있었다
"저게 텐샨이지요."
누군가 손을 들어 가리켰다
강원도 강릉에서 태어나
여기까지 나는 맨발로 걸어서 온 듯
멀고 먼 길을 호수 건너 바라보았다
내가 맨발로 여기에 왔다고
누구에게 말해야 믿을지 몰라
나 역시 흰 만년설을 머리에 이고
서 있을 뿐이었다

나무의 말

숲속으로 들어간다
몸을 잎 뒤에 감추면
내 몸에서 새록 돋아나는 잎사귀는
떠나간 사람을 닮는다
어디를 닮았을까 살피는 동안
나 대신에 잎사귀들이 내가 된다
그 사람이 내가 된다
숲은 우거지고 나는
잎사귀의 하나가 되어
어떤 얼굴을 닮는다
내가 잎사귀가 되는 게 아니라
잎사귀가 내가 된다
내가 남긴 사랑의 흔적이
바람에 잠깐 흔들린다

앨런 긴즈버그, 서울미술관, 2016년

—백남준 10주기 서울미술관에서

앨런 긴즈버그는 수염이 안경을 덮은 얼굴로
침묵이 모자란다고 세상을 나무라고 있었다
조용히 풀잎이 바람에 흔들릴 때에야
살아나서 자유를 얻을 수 있다고 말하는 모양이다
그렇지, 그렇지,
백남준도 머리를 끄덕이고 있었다
둘이서 똑같은 생각을 하는 것 같지는 않아도
앨런 긴즈버그가 비트 제너레이션 부처를 그리고
백남준이 TV부처를 그리고
나는 그 발가락 앞에 풀잎처럼 엎드린다
풀잎처럼 살기를 바랐으나
그러지 못한 나였으니
내가 나를 어쩌지 못하고 살아온 나였으니

먼동이 틀 때 강가에

먼동이 틀 때 강가에 이르렀다
강물이 실어온 또 하나의 하루를
그대의 것임을 알려는 것이다
살아온 길만큼 멀고 먼 강물이
그대 안을 흐르고
강물 소리 들녘에 울려
태어남을 새롭게 알리는 것이다
먼동이 강물 속에 잠겨
몸을 씻고 나오는 강가에 서서
다시 앞에 놓이는 지나온 길 위에서
그 길을 가고 있는 그대와
그대는 다른 사람처럼 만난다
여기 있었군요
그대들은 서로 만난다
먼동이 틀 때 그대는 강가에 이르렀다

새가 알려준 곰파

티베트 시가체의 '세계에서 제일 높은 곳 호텔'을 떠나
길을 재촉했다
길은 곳곳에서 끊어지고
고산병에 몽롱해지면
천장天葬터에 온 듯 삶과 죽음이
나뉨이 없는 땅
어디선가 소똥 말리는 냄새에 곰파를 찾는다
거기서 며칠 아픈 몸을 기도로 달래려는 것이다
날개 기다란 새가 날아가는 길
겨우 열리고
모든 언덕이 수미산으로 향한다
며칠이든 머물 곰파는 찾을 길 없고
고산병에 발을 헛디뎌 길은 다시 끊어진다
하늘 저쪽에 날개 기다란 새 한 마리
끊어진 길을 이어주고 있다

협궤열차는 아직도 달린다

그때 나는 협궤열차를 타고 어디로 갔던가
물컹거리는 자루 속에 든 시육지가
잡혀 올라온 바다
새우 떼의 바다
참소라뿔 삐죽삐죽한 바다
고개 넘어 그 바다로 가는 길에
늘어서 있는 소금창고들을 지나면
낮은 너울의 바다를 거느리고
통통배들이 협궤열차를 따른다
내 젊음은 정처없는데
협궤열차를 타고 어디로 갔던가
이토록 나이먹어서도
여전히 나는 보이지 않는 협궤열차를 타고
고개를 넘고 들판을 지나고
바닷가 노을 속을 지나간다
사라진 지 오래라 해도
협궤열차는 아직도 어디론가 달린다

지붕 위의 시인

오늘밤 달은 슈퍼 문super moon이라고
앞으로 오래오래 지나야 이렇게 뜰 거라고
누군가 나를 옥상으로 이끈다
지붕 위의 크고 밝은 달을 본다
달은 지나온 길까지 밝히려는 것일까
어둠에 묻혀 있는 옛일이 건너편 그늘에
그림자를 끌고 나타난다
내가 여기에 있는 걸 그림자는 알고 있는 듯하다
크고 밝은 달 앞에 온누리가 너무 환하기에
옛날의 내가 지금의 나를 보는 밤이 된다
지붕 위에서 시를 쓸 날이 있을까
옛날에 공연히 꿈꾸었던 일을
그림자는 속삭여준다
그리고 너는 시인이냐고 묻는 크고 밝은 달
오래오래 지나야 또 이렇게 뜰 거라고

물고기의 모습

오래전에는 바다 밑이어서
소금밭이 된 땅을 지난다
나도 오래전에는 물고기였다고
말하려는 내가 망설인다
소금을 핥던 날들처럼 살았던 옛 시간
소금에 세상이 있음을 알았다
소금밭의 남녀는 어디로 가고
알갱이들이 꽃송이로 열려
바다를 향하고 있다
소금밭에 부는 바람이 그래서 향그럽게
내 생애를 핥는다
발자국마다 숨겨진 내 물고기 모습도
망설임의 비늘을 빛내며 바람 속에 살아난다
향그러운 순간이 있다

초의草衣와 추사秋史

미황사 금강스님이 간직했다는
초의선사의 글씨 '鳳下'를 본다
봉새가 떨어졌다는 뜻이라고 했다
추사가 세상을 떠나자
초의선사가 썼다는 글씨
슬픔의 획이 굵어
어떤 삶이 굵은지 내 가슴을 가득 메운다
세상이 아무리 가벼워 믿기 어려워도
크고 무거운 봉새가 날아다니는 오동나무 길목이 있다고
글씨는 알려준다
그 길목에서 나는 봉새를 기다려
온종일 발길을 서성이고 있다

은혼식銀婚式

폴란드 그단스크에서는 바닷물에 돌이 떠 온다는데
돌이 아니라 호박琥珀이 떠 온다는데
그 호박을 가운데 놓고 만든
은장銀裝 브로치
은혼식에 맞추어 그대의 목에 건다
폴란드의 그단스크를 지나온 듯
먼 바다를 지나온 듯
나 역시 그대를 향해 바닷물에 떠 온 듯
험한 세파를 헤쳐 왔다는 말
은혼식의 그대 목에 거는 목걸이
멀리멀리 고해苦海를 떠도는 우리의 생이
어려움을 맑게 장엄하고 있다

은빛

결혼 이십오 년이 은혼銀婚이라고

누군가 알려주자

은빛이 나타났다

차디찬 별빛으로 다가가는 삶의 순간

홀로 가는 어두운 발길을

비추던 어느 날의 은빛

시詩가 싹트는 소리에서

그 빛은 숨쉬고

삶이 비롯되었다

은빛, 그대의 눈빛이었다

여기 있는 나

새벽 먼동 틀 무렵
풀잎 속에,
그대 집 앞 사립문에 앉은
잠자리의 날개 위에,
머나먼 서역 고갯길을 넘는
양들의 눈망울에 뜬 구름 위에,
있다
그리하여 마침내 숨 쉬는
내가 여기에 있다

어디에 무엇이 있는가 해서

어디에 무엇이 있는가 해서
여기까지 왔다
오려고 온 것도 아닌 길도 있었다
어디가 어디인지도 모르고
어디가 어디인지 알려고
어려서부터 온 길이다
어디가 어디인지 알려면
더 가야 한다고
어디로 어떻게 가야 할지
아무도 모르는 길
여기까지 왔다
어디가 어디인지 모르고
어디가 어디인지 알려고
어려서부터 오기만 했다
어디에 무엇이 있는가 해서

아득히 뻗은

아무 생각도 없이 막막할 때도
머릿속 아득히
한 줄기 길이 뻗어 있다
그 길로 가면 어디에 닿을까
어릴 적부터 꿈꾸었다
고향 집 앞 하얗게 뻗은 신작로
'인간 칠십 고래희古來稀'에 이른 지금도
그 길을 바라본다
어린 내가 어디론가 가고 있다
아득히 아득히 소실점을 향해
칠십 년 동안 걸어온 길
원근법도 사라진 길
고향 집 앞 하얗게 뻗어 아득히
어디론가 나를 데리고 산 넘고 물 건너

영인문학관에 보낸 시편

1. 달개비꽃

수탉도 수굿해진 오늘

홀로 우거져 피는

달개비꽃

청출어람 속의

노란 꽃술

2. 새의 하늘

산봉우리 위

새 한 마리

보이지 않아도

늘 날아가는

큰 새 한 마리

3. 산과 내

산을 넘고 내를 건너서
가려는 그곳
어디일까
알 수 없는 내 고향 땅

4. 엉겅퀴꽃

엉겅퀴꽃
홀로 가는 나의 길에
야생의
이정표로 서 있구나

인지반도印支半島의 새

—태국일기 1

그왜우 그왜우,

그렇게 우는 소리를 처음 들었다

누구는 쓰왜우라고도 했다

아니

왜 그래 왜 그래

소리라고도 했다

인지반도 태국의 칸차나부리에서

미얀마행 디젤열차를 타고 옛날로 달려

소년의 어느 날로 돌아간다

전쟁이 끝나고 새를 키우던 집의

소녀가 열차의 저쪽에 앉아 있다

저걸 키워 밥벌이를 한다우

인지반도의 새는 빨간 부리로 날아가고

아침에 배가 고파 울던 그 소리

저녁에 님이 그리워 울던 그 소리

그왜우, 그왜우,

옛 소녀들은 어느 먼 곳에 있을까

칸차나부리의 열차

—태국일기 2

칸차나부리에서 디젤열차를 타고

콰이강의 다리를 건넜다

머리에 히잡을 쓴

한 무리의 무슬림 소녀들과 나란히 앉아

머나먼 나라로 가는 길

일본군에 학병으로 끌려갔던

이가형李佳炯 선생의 회고담을 듣던

안산 시절의 협궤열차를 타고

나는 과거로 달려가고

히잡을 쓴 동그란 이국소녀의 얼굴

차창 옆에 더욱 오똑하다

공양꽃

—태국일기 3

누가 누워 있는지 물으려고

여기에 선 것처럼

내가 누구인지 알려고 여기에 선 것처럼

나는 그대 옆에 붙어

한 송이 꽃을 본다

일찍이 인도의 공주였으니 그대는

이 발치까지 공양꽃을 머리에 꽂고 왔으리라

그러나 그는 첨탑 아래 누워

길고 긴 이야기에 빠진 듯하다

삶이 얼마나 덧없이 짧은지

이야기는 계속된다

끝이 없다고 긴 것이 아니다

공양꽃의 향기에 젖어

짧고 긴 삶에 나를 맡긴다

아유타야의 와불

—태국일기 4

첨탑은 높게 하늘로 향하고
그 하늘 아래 와불은 깨어 있다
깨어 있음이 부드러움이 되는
하늘 아래
나는 그대와 함께 서서
새로 피어나는 꽃이 되는
한 곳을 바라본다
오랜 세월 바라본 그곳이
하나의 꽃이 되기까지
살아온 것이다
와불은 나를 보고 나는 꽃을 본다
그 하늘 아래 그대와 나는 함께 서 있다

제자리 찾기

—태국일기 5

아무리 열심히 해도

제자리를 맴돈다고 젊은이는 우는데,

그러나 옛날에 밥 한 그릇 채우려고

마을을 한 바퀴 돌아 제자리에 와 앉은 사람이 있었다

어느 것일까

본래의 제자리가 어디인지

나는 모르는데,

밥그릇도 제대로 못 챙기고

오랜 세월 먼 곳을 돌기만 했구나

제자리는 어디일까 살피지도 못하고

한반도 동서남북 어디인지 모를 타향살이

멀리 돌기만 했구나

멀리 외롭기만 했구나

예가체프 커피

셀라시에 황제 시절의 에티오피아로 가고 싶다
프랑스 시인 랭보도 그랬을 것이다
강릉에서 예가체프 커피를 마신 것도
그래서였다
나는 강릉에서 배운 대로
서울 서촌에서 예가체프 한 봉지를 산다
랭보의 시를 이해하려는 시간의
모음母音 봉지
아마 이상李箱의 까마귀도 들어 있을지 모른다
아해들이 막다른 골목길을 달려가기도 할 것이다
황제와 랭보와 이상이
함께 예가체프 커피를 마시고 있는 걸
목격하려는 순간이기도 하다

카프카의 길

필스너 우르켈 맥주를 한 잔 마시며
체코 프라하의 뒷거리에서
카프카를 생각한다
그림자를 길게 늘이고 그는
K를 쓴다
우묵한 눈가에 보헤미아의 불빛이 비치면
K를 지운다
모든 것을 없애달라고 부탁한다
나는 나를 지우지 못하고 밤새 뒤척인다
프라하 가까운 브르노의 대학에 잠깐 적籍을 둔 나는
그 뒷거리에 한 줄을 글을 남긴다
K, 너는 카프카가 맞느냐
오늘 밤 성 밑에서 잠이 든 나는
너에게 나를 묻는다
K, 너는 나를 어디로 데려가느냐

2017년 강릉 단오장

동인들은 서울로 돌아가고
오리바위 앞바다에는 돛단배 한 척
이제는 고향도 먼 곳처럼
나는 바다로 떠나고 있다
몇 생을 지나 여기 왔느냐
단오장에 매여 있는 긴 그넷줄에
물어본다
예전 어머니가 굴렀던 긴 그넷줄
바다로 늘어져 돛단배를 끌고 있다고
나는 그네로 다가가 어루만진다
그 얼굴이 설핏
나를 비끄러맨 매듭을 풀어주는 순간이 있다

알타이

아무리 여러 권을 엮어도
내게는 한 권의 책
중앙아시아 알타이의 돌사막에 두레박을 넣고
물을 긷는다
물은 글자로 씌어져서
내 핏줄에 사막가시풀처럼 자란다
나는 낙타처럼 그걸 먹이로
머나먼 길을
마침내 여기까지 온 것이다
여기에 무엇이 있는 줄은 몰라도
'모른다'고 쓸 수는 있기에
마침내 여기까지 온 것이다
이것이 책이라고 쓸 수는 있으리라고
돌사막 깊이 두레박을 던진다

애알락명주잠자리

애알락명주잠자리라고 했다
강릉 객사문 아래 흙냄새처럼
어릴 적 내가 파고 놀던 흙더미에서
작은 날갯짓 소리가 날 것 같다
어디로 헤매다 왔니
물어보며 쯧쯧 혀를 차는
그러나 아직은 나뭇잎도 팔랑거리고
전쟁 때 죽은 사람을 슬퍼하는
기색도 있다
나뭇잎들이 주워담은 잠자리의 초록 무늬
거기에는 너의 체취를 담은
흙냄새가 코끝을 스친다
애알락명주잠자리의 날갯짓만큼은 살았다고
그 초록 무늬만큼은 살았다고

이제하의 말, 황인숙의 고양이

—Q화랑 이제하(그림), 황인숙(시) 전시회

2016년이 저무는데

이제하의 말과 황인숙의 고양이가 나타난다

고양이의 밥을 마련하려는 그림이라고

이제하는 새삼 밝히고

황인숙은 자기 시집을 받았느냐고 묻는다

이제하의 말은

그가 '모란 동백' 노래를 부를 때도

그 옆에 있었다

새벽 대학로의 말구유 같은 마리안느 카페에 가보면

때로는 소설 주인공 유자의 모습이 어른거리고

말은 어디선가 '응앙응앙' 울었다

그러자 간판에 그려진 직박구리 닮은 새가

꾸국꾸국 시를 읊는 소리로

황인숙은 고양이밥을 주고 있다고 일러주었다

새벽, 카페 마리안느

새벽 카페는 문이 닫혀 있다
새벽 카페는 어제의 노래를 부르며
새 한 마리 거무스름 그려져 있다
지쳐 있는 것처럼
생각에 잠겨 있는 것처럼
누군가의 기척은 있는 것일까
아무도 없는 곳에 있는 노래를 너는 듣느냐
카페 밖에서 기웃거리며
그 소리 들으려고 귀 기울이면
모두 돌아간 다음
다음의 일이다
병원에서 검사를 한 새벽
기웃거리며 어이, 거기, 누구……
입 다문 새를 향해 벌판을 부른다
어이, 거기, 누구……

시인 K의 책꽂이

—시인의 10주기, 2017년에

늘 숨어 있는 듯이

의자에 파묻혀 있다

담배를 삐딱하게 물고

눈은 반쯤 뜬다

무희가 그 눈동자 속에서

파드되파드되 춤을 춘다

어느 날 병든 그는 책꽂이 하나를

내게 맡기고 무대 뒤에

그의 자리를 마련한다

토슈즈 한 짝이 손에 들려 있다

그가 없는 그 책꽂이 앞에서

나는 담뱃불을 빌려

내 담배에 붙인다

시인의 이름은 김영태金榮泰

헤이리 마을의 그대

헤이리 마을에서 그대를 생각하네
여기 오기까지는
그대를 몰랐듯이
나 스스로도 나를 몰랐네
모르는 걸 안 듯이
그대를 스쳐 지났네
그러나 나는 헤이리 마을에 왔네
해와 달과 별, 나무와 풀
그대에게로 그대에게로
손짓하며 나를 부르네
만남이 무엇인지 새로이 가르치며
헤이리 마을에 그대는 있네
이제야 알겠네
그대가 있고 내가 있고
헤이리 마을의 약속이 있네
헤이리 마을에서 그대를 만나네

바위 위의 얼굴

—울산 반구대 암각화 1

고래를 따라

나는 오랜 세월 바다를 떠돌았다

작살을 들고 배를 저어

고래가 어디 있는지 가늠했다

바다는 언제나 몸부림치며 나를 이끌고

고래를 노려보는 내 눈초리를

놓치지 않음을 나는 알고 있었다

그리하여 고래와 한 몸이 되어

나는 이 바위로 왔다

그날을 잊지 않기 위하여

얼굴을 비춰보는 이 바위에

그려진 모습이여

바위 깊이 새겨진 내 삶이여

서촌의 고래

—울산 반구대 암각화 2

강은교는 밍크고래, 김형영은 혹등고래, 정희성은 돌고래라 이름지었다

나는 범고래가 되었는데, 세상을 떠난 임정남은 귀신고래를 붙였다

고래 동인이 맥주를 마시며 시를 이야기한다

시와 함께 반세기가 넘어 흘렀다

몇 번 세월이 바뀌었어도 시는 남아서 우리를 지켜주었다

울산 반구대에 남아 있는 고래처럼

오래전 이야기로 노래를 불러주었다

바위에 새겨진 원시인의 시가 되살아나는 순간을 맞이하려고

서촌을 헤엄쳐 가면

이상도 윤동주도 김소월도 백석도 박목월도 또 이름 모를 어떤 시인도

그 너울에 헤엄치며 머나먼 시의 나라에서 우리를 부른다

비파나무

십 년 만에 겨우 달린 비파 몇 알을
은식에게 보여준다고 묘만은 기다렸다
언젠가 여수에서 보내온 열매를 먹고
씨를 심어 키운 나무
어즈버, 아즐가, 예전에 잊힌 감탄사만이 마땅한
이 나무의 열매
노랗게 익었다가 쪼글쪼글해지는 걸
나는 옆에서 보고만 있는데
이것이 무엇일까 비파나무여
이 삶이 내게 주어진 것일까
도저히 예견할 수 없었던 기다림
이 세상이 싹을 내어
내게 보여주는 놀라움의 날들
예견할 수 없었던 한 그루 나무

대관령 1

어머니는 감자를 깎는다
내가 태어나기도 전부터
감자를 깎아 항아리에 담근 어머니
앙금을 내려 떡을 빚으면
떡을 빚으면
대관령 호랑이도 내려온다고
떡을 먹지 않는 호랑이도 굶지 않는다고
어머니는 감자를 깎는다
감자꽃빛 새벽별이 머리 위에 빛날 때
치성 올려
내 안에 앙금을 내리고 있다
내 안에 별빛을 내리고 있다

대관령 2

대관령을 넘으려면 마음을 모두
말해야 한다
이부자리 트레일러에 싣고
옛날 육군 제28사단의 청년장교는
어머니를 살핀다
대관령을 넘는 길 옆 콩밭 뙈기
콩꽃 두두豆豆 꽃피었는데
없는 것까지 말하는 사랑 언제 오려나
대관령 산신령 아무 대꾸도 않고
어머니는 머리를 빗으며
삼단 같다고, 삼단 같다고
지프차 뒷자리에 어린 아들도 태우고
영 넘어 먼 길을 바라만 본다

대관령 3

호랑이가 대관령을 내려온다
강릉에 장가드는 날
처녀는 머리를 감고
먼 하늘 밑에서 기다린다
기다림이 죽음이 될지라도
돌로 굳어질지라도 기다린다
돌 위에 오도카니 올라앉은
처녀의 머리
강릉을 보며 노래한다
대관령에서 남대천을 따라 내려온 낭군님
님 맞이하려고 돌이 되어 기다린 삶
천년만년 지나도 오늘이라네
호랑이가 인간의 여자를 만나는 단옷날
그날은 언제나 오늘이라네

대관령 4

대관령 기슭에 살던 사내가 있었다
해방되자 만주에서 돌아왔다고 했다
얼굴도 모르지만 그는 지금 성산면에 묻혀 있다
옛 호랑이가 다니던 그 길을
오르내릴 때마다
나는 덩달아 무덤길로 간다
평생 한 줄의 글을 붙들고 벼랑길 걸어왔듯
길은 가파르게 열려 있다
숨 고르며 넘어가는 영 너머 길
구비마다 가던 길 더듬으며
성산에 누운 사내가 아버지임에
멀리 바다 냄새를 맡는다
영 너머 길로 올라오는 바다 냄새에
얼굴도 모르는 그의 발자국 소리 들린다

대관령 5

파도의 물거품은 사연을 전한다
일찍이 총에 맞아 떠난 사람도 있었다
파도는 사람들의 숨소리를 모아
너울을 만든다
포말泡沫이라는 말도 알려준다
살자면 포말 위에 서서
하소연을 하게 된다던 어머니
어머니는 저녁밥을 짓는다
굴뚝 연기가 남대천을 흐르면
어머니는 나를 불러들인다
어머니, 그 목소리 어디 숨었나요?
바다는 포말을 날리며
어머니의 모습을 나타낸다
숨은 길이 아니란다
그게 바다로 뻗은 길이란다
멀리 산그늘이 깊어지잖니
일찍이 총에 맞아 눈을 감은 사람에게 올리는

밥 한 그릇

어머니는 산그늘을 먼저 밑바닥에

눌러 담는다

대관령 6

자욱한 안개가 밀려오고
양들이 나타난다
하얀 털북숭이, 코가 빨갛다
모형들임을 알지만
양은 안개를 몰고 나타난다
안개가 모형이 아닌 한
양들도 모형이 아니다
대관령을 넘어가는 터널 속에
어딘가 잠복했다가
목장에서 살아나려는 것이다
안개가 더 짙어지면
강릉 바다에 내려가 파도와 함께
살려고 할지 모른다
내가 데리고 산다고
남들은 믿으려 할지 모른다

대관령 7

진부에서 헤어진 친구야

지금 어느 별로 가고 있느냐,

나는 그 시절 방황을 나침반에 넣고

여기까지 와서 '여기'가 어디인지 묻는데

너의 오토바이는 과연 오토바이였을까

어디로 달려갔기에

저 숲속에 너의 그림자를 남겼느냐,

대관령을 넘어가면 신발 밑의 흙길도

어느 별의 기슭이라고 내가 믿도록

너는 너무 멀리 있구나

진부에서 헤어진 친구야

그 길로 나는 한 끼니 두 끼니

세상은 기울어지는데

너의 별기슭을 멀리만 돌아왔구나

대관령 8

강원도에서 태어났다고?
나는 머뭇거린다
내가 서 있는 곳도 몰랐는데
문밖을 나서서 산비탈을 오르면
거기가 강원도라고?
나는 또 머뭇거린다
산비탈에 아버지의 무덤 있다고
나 태어난 곳이 바로 여기라고
그렇다고
누군가 말해준다
산비탈의 나무들 바람 소리도 거든다
이제 나이 들어 모든 것 안다 해도
풀 한 포기 낯설건만
강원도 바람 소리 바다 건너 산 넘어
내 귓바퀴에 가득히 찬다

대관령 9

화로에 생선을 굽는 아낙네도
창포물에 머리를 감았다
길가에 늘어선 화로에서 피어오르는 연기
단오장으로 타박타박 걸으면
생선도 창포물에 젖어 짙은 연기를 올린다
남대천 건너 어머니의 그네는
하늘로 날아 대관령을 굽어보고
날개를 단 생선들은 구름비늘처럼
산 위를 헤엄친다
산 위에 바다가 펼쳐진다
대관령은 이미 바닷속에 잠기고
화로에서는 생선들이 창포로 온몸을 적시고
단오장으로, 단오장으로
모여들고 있다

대관령 10

읍사무소 앞에 쟁여 있던 병아리콩 자루
전쟁은 아직 끝나지 않았는데
콩의 무늬를 먹었네
지금도 내 뱃속에 그려져 있는
배고픈 무늬
누가 나를 반달곰처럼 데리고
영 넘어 피난을 갔나요
배고파서 그리웠던 소녀들
전쟁 소식 종이쪽에 압화되어 있던 꽃처럼
소년은 눌려 있었네
어머니, 나를 버리고 가지 마세요
병아리콩도 꽃을 피우나요
대관령은 언제나 그늘이 깊은데
콩의 무늬가 살아나 그리움이 되나요
배고파서 잊을 수 없었던 소녀들

대관령 11

대관령 옛길을 오른다
내가 어디에 있는지 물으며
호랑이 오르내린 옛길을 별빛에 비춰보면
평생을 비스듬히 살아왔음을
비로소 자백받을 것이다
멀리 아래쪽 동해의 바닷물도
비스듬히 호랑이를 적시고 있기에
대관령 옛길은 내가 모르는 길로 나를 이끈다
일찍이 별빛이 아는 길이기에
나 역시 아는 길이라고
언젠가 이 길을 온 것을 아느냐고
내가 어디에 있는지 묻는 내게 호랑이는 말한다
평생을 삐뚜름 걸어온 길이 아니냐고
삐뚜름……

대관령 12

옥수수들이 칼춤을 추는 길을 간다
붉은 수염 아저씨들이
손을 뻗쳐 나를 부르고
외할머니의 호랑이 이야기에
간밤을 밝힌 이튿날
호랑이 발자국 군데군데
발톱이 돋았다
깜부기를 입에 물고
어디서 호랑이가 나올까
먼 길을 돌아
옥수수 마대자루를 멘다
총 든 사람들도 어디론가 몸을 숨긴 이 들녘
어머니는 벌써 큰 산 그늘로 접어들고
붉은 수염들이 뒤를 따른다

대관령 13

남대천 둑방길 밑 납작한 함석지붕

도롱이집이라 부르겠네

삿갓 하나로 몸을 가리고

예전 단오장 가듯 둑방길을 가겠네

대관령에서 남대천 흘러내려

바다로 가는 길

나도 그 길 따라 바다로 가겠네

도롱이는 비에 젖어 세상일 궂다 해도

나는 바다에 이르러 궂은 일 없다 하겠네

머나먼 세월 지나 둑방길에 오르니

남대천에 비친 대관령 다시 보이고

나 태어나 이제야 나를 찾네

오랜 눈길로 내 지난날을 찾아가

남대천의 대관령을 다시 보는 도롱이집

대관령 14

큰 산 아래 흘러 내려온 남대천

얄룽창포강이라고 해도 좋다

브라마푸트라강이라도, 메콩강이라도 좋다

한강일까

산은 형제봉 혹은 부부봉

독도의 동도와 서도

새 한 마리가 어디로 날아갈까 하늘을 가로지른다

아니, 먼 산과 들을 건너와

세상을 날아가고 있다고 하자

오래전 범일국사가 태어난

우물가에는 한 그루의 탑이 자라고 있다

탑은 너무나 오래 세상을 보아

그루터기에 창문이 달려 있다

새는 남대천에 앉아 목을 축인다 .

대관령 15

저 먼 산
우는 날이 있다
옛 호랑이
돌아와
찾는 그 바위
삼단머리 떨군 듯
우는 날이 있다
멀고 아득하여
눈 흐리게 바라
저 먼 산
더 멀게
우는 날이 있다

강릉 별빛

강릉 바닷가에서 별을 바라보는 것은
이 삶을 물어보는 것
이 삶이 지나면
다시 올 거냐고
어느 바다를 지나 다시 올 거냐고
물어보는 것
그러면 별은 물고기가 되어
멀리 헤어가기만 한다
새가 되어
멀리 날아가기만 한다
그리고 별은 먼 항내에 빛난다
따라서 강릉 바다의 항내는 먼 별의 모습
우리가 살아 있음을 가장 멀리 빛내는 별의 모습
강릉 바닷가에서 별을 바라보는 것은
지금 살아 있음을 되새기며
이 삶의 사랑을 물어보는 것

봄꽃의 약속

봄꽃이 피는 것을 믿을 수 없다고
긴 겨울에 말하곤 했었다
믿을 수 없어
살구꽃을 찾아 먼 곳까지 갔던 과거가 있었다
그 한 순간에 삶을 맡기려고
올봄에도 살구꽃이 내게 와서 들려줄 말을 기다린다
내 몸은 여기 있는데
내가 있을 곳은 여기 아닌 듯
봄꽃이 가리키는 그곳
그곳을 찾아 멀리 떠나는 순간이
약속이라는 걸 알기 위하여

뻐꾸기의 길

뻐꾸기의 길을 기다린다
겨울에는 사랑보다도 기다림이 깊었다
뻐꾸기의 길을 가려면 먼 산을 넘고
살아온 만큼 멀리 도는 길을 알아야 한다고
함부로 겪은 뉘우침의 삶을
뻐꾸기에게 맡기는 것이니,
겹도록 기다려온 속내를 꺼내놓아야 하건만
무엇을 말하려고 이토록 멀리머얼리
속절없이 기다려왔단 말인가
이 봄의 일을
뻐꾸기에게 귀띔할 말부터 마련해야 한다
깊이 병든 기다림을 풀어놓으려고
겨우내 하염없이 뻐꾸기를 기다렸으니,
나 하염없이 기다렸으니,

직박구리의 길

찌익찌이익 우는 새의 부리를 보려고
나무 가까이 몸을 기댄다
무엇이 잘못이냐고 묻는 인생이 있음을
찌익찌이익 소리가 비명으로 대답한다
"잘못 산 인생의 시간을 한탄하느냐"
절로 신음소리가 나올라치면
"어찌 태어났느냐"
새의 울음은 조금이라도 아름다움의 길을 찾으라고
나를 어디론가 이끌지만 나는
마지막을 향해 막다른 골목으로 달려간다
막다른 골목의 마지막 문이 닫히고
직박구리는 내 어두운 몸속을 쪼아내다가
못내 찌익찌이익
울음을 뱉어낸다

자고새

—반 고흐 그림 〈자고새〉에 부쳐

마을을 벗어나 흙길을 간다

자고새는 어디 숨었는가

돌담 안 묘지에 누워 있는 고흐

그 옆에는 테오

새 소리에 귀를 기울이고 있다

자른 귀를 들고 있는 고흐는 아직도 밀밭을 가며

긴 편지 구절마다

굽이치는 빛 사이로 새를 바라본다

그러나 내게서 새는 어디로 가고

나는 어디론가 영원히 떠나온 듯하다

여기 누구 아무도 없느냐고

오베르 쉬르 와즈의 교회 그늘에 입 맞추면

마을의 저녁 불빛이

멀리 자고새처럼 밀밭 위에 홀로 뜬다

통영

—전혁림 그림 〈두 개의 장구〉에 부쳐

어느 뒤안길 오르내리다가

선창길 지나

물고기가 새 되어 산을 오르는 소리,

다도해 바다를 담고 하늘에 오르는 소리,

새파랗게 새파랗게 깊어서

나를 부르네

세모도 되고 네모도 되고 동그라미도 되어서

바다와 하늘을 잇고 있네

여기 내가 있다고 부르는 소리 나를 이끄네

나도 모르는 내 발길

그 소리를 따르면

바닷길 하늘길 새파랗게 새파랗게

내 길이 열리네

나를 부르며 내 길이 열리네

엉겅퀴꽃

엉겅퀴야

너의

붉은 피톨

내가 받아

이승 일평생 푸르른 생명

나는 살아난다

늘 살아난다

꽃빛을 위하여

대관령에서는 어떤 새가
엉겅퀴의 안부를 물으며
날아가고 있었다
내가 여지껏 세상에 묻고 또 묻던 물음
사랑이 뭐냐는 그 물음을
던지고 있었다
그래서 엉겅퀴는
핏빛으로, 핏빛으로 피고 있었다

귀퉁이

기다리는 시간만큼은

살아 있다고 느낀다

내가 간직해온 것이기 때문에

때문에, 나는 살아 있음을 믿는다

굶주려온 것을 누구에게도 전하지 못하고

기다려왔다고만

어느 귀퉁이에 적어놓는다

그렇다고 내가 확실히 나를 아는 건 아니다

다만 어느 귀퉁이를 귀퉁이답게

꾸며놓았다고 믿는 것이다

기다리는 게 삶이라고 믿기 위하여

살아 있다고 믿기 위하여

어느 귀퉁이가 필요하기에

물방울

사라진 것은 다 어디로 가는 것일까
새벽길에 스쳐 떨어진 이슬처럼
새의 혀를 적시던 이슬처럼
목숨을 지키던 물방울은 어디로 흘러
내게서 멀어지는 것일까
누군가 모래땅 위에 남긴 발자국처럼 멀리
나를 이끌고 가서 흔적 없는 옛것이 되는 것일까
사라진 것을 따르는 삶의 길
모두들 지평선 너머 모습을 감추고
내가 나의 사라짐을 보는 것처럼
물방울이 마르고 있다
마른 자국이 남아 나의 사라짐을 부른다
넌 언제부터 여기 있었니?
넌 어디로 가려는 거니?

동해 바다

꽃 한 송이 던져주지 못한 바다다
사노라고, 이리저리 부대껴 다니노라고
꽃커녕 웃음 한 뜸 던져주지 못한 바다다
어머니의 뼈를 뿌린 바다다

어느 날의 고향

필름만 돌아가는 무성영화 같다
언제부터인지도 모르게
풍경은 소리 없이 흐른다
눈이 오나 비가 오나
빨래처럼 널려 있는 거리
모두들 어디로 가고
비어 있는 거리
내 곁을 스치면서도 나를 못 보는 듯
오래된 풍경만이 남아 있다
한 꺼풀 걷어내야 나라도 소리를 내건만
덮여 있는 것 걷어내지 못하고
나는 과거 속으로만 숨어 움직인다
이것이, 이것이 무엇이냐고
무성영화의 순간들이냐고

백남준의 데드마스크

봉은사 법당 한 켠에
백남준白南準의 데드마스크와 사진 두 장이
놓여 있다
금강경을 독송하는 소리는 높아가고
비디오아트의 창시자는 여전히 소년처럼
세상을 향해 눈을 뜨고 있다
언젠가
석지현釋智賢이 추사秋史의 판전版殿 글씨를
손으로 가리키던 그 길 쪽으로
칠십일병과七十一病果의 사람의 뒷모습
데드마스크가 뜬 눈을 지그시 감고 있다

백남준의 호랑이

서울에서 만난 호랑이
백남준 떠난 지 십 년이라고
알타이 호랑이를 말하고 있었다
그 옆에서 요제프 보이스는
멜빵 차림으로 호랑이처럼 뚜벅뚜벅 걷고 있었다
우리들 주머니 속에 뭐가 있지?
그러자 호랑이는 삼국유사를 펼치고 나타난다
옛날옛적에 머리감는 처녀를 물고 갔다가
지금 데려왔다오
살려내려고 여기 왔다오
나는 서울 세종로에서 강릉 남대천 둑길까지
호랑이와 함께 걷는다
옛날옛적에 머리감는 처녀
뒤란에 어여쁘게 내게 있었다오

프리다의 또아리

멕시코 코아야칸에는
여러 개의 자아를 가진
여자가 살고 있다고
들었었다
몇 개라고 했는지는 잊어버렸어도
그녀의 그림에는 또아리 튼
뱀 같은 여자가 있었다
그녀는 또아리를 틀고
어디로 가고 있었다
꽃과도 같은 모습이
짐승도 되고 사람도 되고
다시 꽃이 되면서
한국 땅에 와서……
한국 땅에 와서……
또아리를 곱게 놓고
그 위에 앉아 있었다

새들은 길을 노래한다

빼꾸기가 울고 지나간 하늘
까마귀가 뒤를 이으니
고맙기도 하여라
살아감과 죽어감이 똑같다니
내가 나라는 걸
새들은 이미 노래하였다
그곳에 길을 새로이 내고
노래로 닦고자 함을
알고 있는 게 새들이었다
지나온 시간은 모두 꿈같다고
새들의 노랫결은 들려오건만
빼꾸기의 뒤를 이은 까마귀 소리에
내 삶을 가만히 놓아본다
이것이구나, 고맙기도 하여라

감자밭

감자밭 앞에서 멈춰 선다
예전 밥그릇에 그득 담겨 있는 감자들
위에 쌀밥이 한 켜 덮여 있다
안 헤쳐 보아도 아는데
살살 헤쳐 본다
삶은 감자가 살아 있는 듯 눈을 뜬다
아무 말 없이 아무 말 없이
몇 알만으로 그릇을 채운 삶이 시작된다
얼마나 멀리 가야 하기에
밥그릇마다 채곡채곡 채워
발뒤꿈치로 누른 것이냐
쌀밥 대신 담겨 있는 감자들
끼니를 거르지 않게
아직도 든든히 앞에 놓여 있는 게로구나

고둥의 글

고둥이 모래 위를 지난 자국을
글자로 읽어본다
바닷가에 온 지 몇 날째인지는
묻지 않는다
비로소, 비로소 오늘의 일이기
때문이다
오늘에야 그 글자를 읽을 수 있기
때문이다
그래서 비로소 적어놓는다
고둥이 온몸으로 쓴 그것은
——삶

남도 굽잇길

우리글을 번역하여
세계화해야 한다는 추세에
껄껄껄 웃음소리가 들렸다
돌아보니 H시인이었다
그리고 그는 〈개구리〉라는 시를 남겼다

가갸거겨고교구규그기……

손가락발가락 토막져 내리고
소록도 남도 굽잇길마다
한글 닿소리 홀소리
맺혀 있었다

오랑캐꽃

그 이름 잊은 지 오래되었다
그러나 봄꽃이 필 때면
내게도 무슨 먹을 게 있다고
쳐들어오는 오랑캐 무리
그러고 보니 나 또한
그 무리의 하나였었다
살아오는 동안 내게로 쳐들어오는 것은
남이 아니라 나였다
그래서 꽃을 보며 나를 내주었다
그것을 사랑이라고 믿었으니
순간의 꽃 한 송이가 삶의 모두였다
올봄도 오랑캐꽃 피는 언덕에
내 모습 나타나리라 믿는
내가 있으니

강릉 커피 축제에서

1. 그리움

"갸는 횡성 갔대야."
외할머니와 어머니가 말한 '갸'는 누구였을까.
두 분이 세상에 없는 지금 알 길이 없어
주위를 휘둘러본다
누구였을까
그러나 실상 외할머니와 어머니의 말이
궁금하기보다 그립다고
나는 다시 산과 바다로 눈을 옮긴다
그네들은 어디에 가 있을까
내가 있는 곳 역시 궁금하듯이
삶이 어디 있는지 궁금하듯이
궁금함은 그리움을 그림자처럼 이끌고
산기슭 저쪽을 돌아 어디론가 가고 있다
'갸'가 되어 그 뒤를 따라 어디론가 가는 내가
바닷가 카페로 발길을 옮긴다

2. 삶은 어디에

삶은 스캔당하여
빈자리만 남은 것일까
가령, 루왁 고양이들이 사는 숲속을 찾아가는
사람들 틈에서
어딜까
살피는 나는
내가 아닌 나처럼
삶의 원판을 찾는다
루왁 고양이가 아니라도 어떤 짐승이
내 자리에 있다가 남기고 간
공허의 똥을 뒤진다

달마산

이십여 년 전에 달마산 바라보았다

삐죽삐죽한 바위가 달마와 어떻게 닿는지

모를 일이었다

2016년 미황사 자하루에

그림 한 점 걸고

금강스님 뒤따라 묘만과 함께 바위산 오른다

산꼭대기 진달래꽃 단청으로

도솔암 암자 하나 얹혀 있는 곳

이제야 이르러

삐죽삐죽하게 살아온 인생을 더듬어본다

달마는 서쪽에서 온 게 아니라

내 안의 어디에서 온 것이라고

잠깐 면벽面壁, 졸음처럼 눈감고 있었다

사라진 도마뱀

어느새 꼬리만 남겨진 도마뱀
나는 사라진 것들을 저주하며
내가 좇아다닌 것들을 찾는다
그러나 손바닥에 얹혀 있는 건
환멸의 꼬리
도마뱀은 사라져버렸다
배에서 꼬르륵 소리가 나도록 굶주려
뭐라도 먹으려 해도
추억만 남아
추억의 꼬리만 남아
사라진 도마뱀을 찾아나서야 한다
어두운 밤이 오기 전에
꼬리의 주인을 찾아야 한다
사라진 도마뱀은 길마저 버린 모양
사라진 것들이여
나는 이제껏 꼬리만 붙들고 홀로 서 있다

구름의 선물

하얗게 일어나는 구름을 따라
먼 언덕 아래
남 몰래 홀로 갔다
한 걸음 한 걸음
어디까지나 언제까지나
그대에게 바치는
한 걸음 한 걸음
언덕 위에 올라
한 송이 구름을 따서
그대에게 전하기 위하여
하얗게 일어나는 마음을 얻어
나에게 스스로 전할 때까지

소금창고를 향하여

안산행, 오이도행, 송도행
차례로 갈아탔다
소금창고가 있었으면 했다
송도든 오이도든 섬마저 이제는 흔적이 없었다
조개껍질 깔린 고갯길에 날아오르던 정찰기
하늘에는 흔적 없는 길도 남아 있지 않았다
누구랑 걸어갔던 길이었던가
신발을 벗고 갯고랑에 미끄러지던 누구
남아 있지 않은 것처럼
거기에는 나조차 남아 있지 않았다
소금창고에 살았으면 했던 날이 있었다
그리움과 외로움을 소금에 절여
건어물처럼 말리며
길고긴 나날 햇빛에 바래고 싶었던
돌소금 같은 세월이 있었다

더 멀리 있는

그대에게 줄 게 없어

길을 떠났네

양떼구름, 무지개, 샛별, 달무리, 은하수

옛 그것들이 어디에도 없어

내를 건너고 들을 가로질러

멀고 먼 광야까지

길 없는 곳에서도 길을 떠났네

그대를 떠나온 지 오랜 세월

나는 떠나기만 했네

이제도 빈손뿐이라

돌아갈 길 찾을 수 없네

삶이 이토록 먼 줄 몰랐지만

그대에게 줄 게 없는 나는

이미 나조차 떠났기에

길은 더 멀리 더 멀리 있네

벌교 쪽밭

자기를 '반중(半僧)'이라고

나를 쳐다보던 얼굴 한창기

검은 입술에 거품을 문 듯

그는 무엇을 그렇게 말하고 있었을까

그의 회사에서 나는

팔십 년대 초를 먹고 살았다

그가 세상을 떠나고

그가 가꾼 쪽밭에서

나 여기 있네 외치는 소리

쪽빛 소리

쪽빛 은중경恩重經 읽는 소리

어느 눈매

눈매 사르르

천년 세상을 본다

바라보는 저곳에

이곳이 어린다

천년 전 일이련만

이곳 여기에

사르르

사르르

추억

한때 그곳에는 으스스한 무엇이 살고 있었다
가끔 뒤돌아보며 길을 걸으면
한 발짝 한 발짝 나를 따르는
그 모습의 기척을 느낀다
오래전에 잊었지만 금방
나를 따르다가 내 안에 들어와 앉으려는
그것을 피해 가야 한다
그러다가 기우뚱거리는 몸이 있다
나뿐만이 아니라 모두 기우뚱거리면
나도 내가 아니라 무엇이 된다
조심하지 않으면 삶이 무효가 된다고
누군가는 아예 숨어버리겠다고까지 했지만
그런다고 해결되진 않는다는 게 모두의 뜻이었다

불망비不忘碑

아름다움을 배우려고 길을 떠났다
아픔으로 피어나려고
사랑으로 피어나려고
그러니까 아픔과 사랑은
같은 것이라고 배우려는 길
그리하여 아픔과 사랑으로 피어나려고
꿈꾸며 세상을 지났다
이제 시든 꽃 한아름 안고
사막길 가는 낙타처럼 울면서
그게 울음인지 세상사람 알아볼까봐
시든 꽃에 얼굴을 가리고
먼 데 하늘을 바라본다
먼 데 하늘을 바라본다

사스레피나무 꽃피는 산길

봄꽃 필 때면
사스레피나무도 꽃핀다고 금강스님은
알려주었다
이 사철나무가 무슨 나무일까
오래전부터 궁금했는데
산꼭대기 바윗길에 서 있었다
이것도 향기인 것일까
멀리 다도해가 내려다보이는 산길에서
내게 무엇을 말하려는 것일까
오랜 궁금증의 정체를 알려주려는 듯
보일 듯 말 듯 피어나는 꽃
이 길로 오려고 걸어온 몇십 년
지나온 생이 이와 같다고 말해주는 듯해서
거북한 냄새도 향기라고
나는 나한테 말하고 있었다

가까이, 먼

'가까이'를 바라면서

'먼'이라고 쓴다

그러니까

'머나먼'이란 '가깝디가까운'이 된다

이렇게 쓰기까지 오랜 세월이 걸렸다

열일곱부터 '머나먼' 곳을 향해 걸어왔으나

아직도 가야 할 길

'머나먼' 길이 있으니

서둘러 길을 떠나곤 한다

'가까이'가 마지막이 되기까지

길을 떠나곤 한다

빵 혹은 난

편의점에 가서 빵을 집는다
중앙아시아에선 난이라고 했지
편의점 알바 아가씨
살다보면 한 줄의 이런 시를 쓰고 싶다오
빵 혹은 난을 굽고 싶다오
멀리멀리 어디론가 양떼를 따라갔다가 돌아와
빵 혹은 난
편의점 알바 아가씨에게 들려주고 싶다오
배고팠던 인생의 빵 혹은 난
한 편의 시처럼 읊고 싶다오
멀리멀리 양떼를 따라갔다가 돌아온 밤
빵 혹은 난
중앙아시아에 가서 헤맨 적이 있다오

별에게 물어보다

예전에는 좀생이별을 바라보며

한 해의 농사를 점쳤다는 말에

나는 오늘 그 별을 찾아가려고

밤길을 나선다

농사도 없고 좀생이별도 모르는 채

뭔가를 묻고자 하는 것이다

농사 없는 그것을

그 별에게 물으면

내가 왜 살아왔는지 말해주리라

말하다가 졸음이 오면

별도 눈꺼풀 깜박거리며 졸다가

인생이란, 하고 길게 말꼬리를 끌 거라고

오늘밤 별빛을 찾아

밤길을 나선다

옛일이 맵네

꽃향기에 매워
외로움마저 빼앗겼네
살아생전에 보았던 건 모두
새록새록 돌아와
숨을 멎으니
겨우내 기다려온 꽃향기에
다시금 옛일이 맵네

먼지 같은 사랑

그들이 정말 살았었을까
살았던 기억은 어디로 갔을까
어느 집 그늘에 묻혀
어두운 옷차림으로 가는 모습
나무 밑 그늘에 눌려
어릿어릿 움츠린 모습
어디에도 남아 있지 않은 발자취를 찾아
살았다는 흔적이 무엇인지 더듬어
먼지들은 떠돈다
귀머거리 당달봉사가 되어
먼지들은 울먹인다

김수남의 굿사진을 보며
—10주기를 맞아 국립민속박물관에 기증한 사진전에서

수남이,
관철동에서 술 마시던 날 기억나겠지
불이 활활 타오르던 건너편
우리 소주잔은 달아오르고
문학과 사진을 말하는 너의 얼굴도
불콰하게 꿈에 부풀었다
수남이,
고등학교 때부터 눈에 띈 너는
대학에서 카메라를 들고 나타나
렌즈를 통해 세상을 보는 법을
내게 말해주었다
나는 여전히 한 줄 시에
목숨을 건다고 낡은 말로 대꾸할 수밖에 없었다
너의 사진은 점점 펼쳐지고
나의 시는 점점 오그라들고
그것이 서로의 길이었다
그래도 우리는 종종 술잔을 기울였다

관철동의 그날이 특별히 떠오르는 것은
건너편의 활활 타오르는 불을
우리 가슴에 나누었기 때문
우리 꿈이 함께 불타올랐기 때문
너의 사진과 나의 시를
서로에게 전했기 때문
오늘 네가 떠난 지 십 년을 맞아 국립민속박물관에 전시된
너의 강릉단오굿 사진을 보며
수남이,
나는 홀로 축제의 뒤란에 서서
너를 보고 있다
수남이,

언젠가 그대 홀로 걸어갔다기에

섬으로 가는 둑길을

그대 홀로 걸어갔다기에

이제야 서서 바라본다

먼동이 트는 새벽빛부터 기다려온 길

아무리 멀리 지워졌다 해도

그대 발자국 뒤축이라도 스쳤기에

바다 한가운데로 난 둑길

나는 찾아 나선다

섬기슭에 이미 봄은 깊고

길은 나를 불러 맞이한다

언젠가 그대 홀로 걸어갔다기에

바다를 걷듯 나도

둑길 위에 떠 있다

탁란托卵

빼꾸기가 늦게 오는 이 봄
빼꾹 소리 들으며 고개를 넘던
젊은 날 있었음에 가슴 가득하다
빼꾸기가 내게 맡긴 알이었을까
그러나 나는 고개 넘어 어디론가
가기만 했다
탁란, 이라고 누군가 말해주었으나
내가 품은 내 알이었다
내가 아픈 내 사랑이었다
빼꾸기는 외진 골짝마다 울고
나는 그 아래 숨어
살아나려고 숨어
가슴 아리게, 가슴 아리게……

처음 안 이름

빼꾸기 중에 검은등뻐꾸기
홀딱벗고새라고도 했다
처음 안 이름
그러자 아직 모르는 것들이
잎마다 꽃마다 나부끼며
얼굴에 와 닿았다
모르고 살아온 모든 것들을 어이할지
한 걸음 한 걸음마다
홀딱 벗고 가는 아침을
뻐꾸기 울음은 더 멀리서도 가까웠다

대관령 호랑이는 루왁 고양이를 키운다

대관령 호랑이가 어디 있는지는 모른다
아직도 살아 있으려고
예전 언젠가 산신령이 되었다고 한다
어느 카페에 있는 루왁 모형처럼
호랑이는 내게 한 잔의 커피를 따른다
산과 바다가 하나 된 곳에
내 몸을 맡기는 시간이 된다
대관령 호랑이도 루왁 고양이도
어디 있는지 모를 모든 것들을
내게 알려주려고 산 넘어 바다 건너
눈길을 던지고 있을 것이다
멀리멀리 대관령 호랑이와 함께 루왁 고양이와 함께
어디론가 가고 있는 내가 있을 것이다

채혈採血

피가 얼마나 맑은지

소년이로少年易老는 주사기에 맡긴다

그 모든 것 지나간 다음

흐린 피만 남아서

한 마리 짐승처럼 절뚝거리며 산길을 넘는다

후회막급은 입에 올리지 않는다

흐린 피로 살아가는 걸

글 한 줄 써놓으면

한 송이 꽃 피어나리라 여기지는 않아도

우주홍황宇宙洪荒 속에서 삶은

본래 티끌처럼 내게 있었다,

삶이여, 티끌은 맑은 빛 속으로 떠돌기도 하며

꽃처럼 빨갛게 번지기도 했었다

시인의 산문

강릉과 대관령의 헌화가獻花歌

윤후명

연작시 '대관령'은 고향 강릉에 대한 시들이 중심을 이룬다. 그러나 따져보면 시집 《명궁》의 '큰 산의 노래'도 대관령의 다른 표현이 된다. 거기에 나오는 '무희舞姬'는 젊은 '무녀巫女'라고 해도 좋을 듯하다.

그런데 이 제4부의 '대관령' 시들은 아직 시집으로 엮이지 않은 신작시라는 점이 가장 큰 특징이다. 사실 나는 소설가가 된 이래 오랫동안 시를 떠나오다시피 해왔는데, 이는 우리 문학 풍토와 깊은 연관을 갖고 있다. 시와 소설은 서로 다른 영토에 갇혀, 대화나 교류 없이 발전해왔기 때문이다. 따라서 시인은 시에만 힘을 쏟고 소설가는 소설에만 힘을 쏟았다. 다른 분야를 함께 하는 일은 바람직한 노릇이 아니었다. 본래 시인으로 출발한 나

역시 시인의 운명을 타고난 듯 살아야 하는 분위기였다. 지금은 조금 무너지고 있다고 하지만 여전히 벽은 높다.

그러나 이제 나는 시와 소설이 마주앉아 대화하는 문화를 이룩하는 데 앞장서리라 다짐하고 있다. 이 문제는 이 '시전집'에서는 더 다루기 어렵기 때문에 생략하려니와, 그래서, 지난 오십 년의 내 시의 길이 다소 스산하다 해도 어쩔 수 없는 노릇이다. 누가 뭐라 해도 나는 시인이자 소설가임을 어쩌랴. 여기까지 오기에도 여러 고정관념들로부터 압박을 받지 않을 수 없었다. 그러나 이제는 우리 문화도 어느 정도 성숙했다는 믿음과 함께 문학에는 어떠한 제약도 있을 수 없다는 내 생각도 무르익었다. 나는 시인이자 소설가인 것이다.

나는 대관령 밑의 고향 땅에서 그러한 문학의 뜻을 펼치려 한다. 높은 산이 있고 넓은 바다가 있다. 그 자연이 나를 품는다. 어릴 적 내 귀에 들려오던 오방색 소리도 있다. 새롭되 내 가슴속에 묻어두었던 익숙한 풍경이다. '익숙한'이 아니라 '익은'이 걸맞은 표현이다. 콩 한 톨, 감자 한 알, 옥수수 한 자루도 익은 모습이다. 하늘의 반달도 돛을 올리고 노를 저어가는 조각배가 된다. 산속 어딘가에 있다는 신비스러운 바위도 살아 있다. 그 자연 속에는 세상을 떠난 지난 피붙이들도 살아 있다. 큰 산도 살아 있다. 대관령이다!

이 시들을 쓰는 동안 나는 살아 있음의 느낌이 무엇보다 절실

하여 새삼스러웠다.

강릉의 바다에도 고래가 있을까. 울산의 반구대포럼에서 그곳 암각화에 대해 시를 써달라는 청탁을 받고 일어난 난데없는 의문이었다. 원시시대의 암각화에는 고래들의 모습이 여러 마리 나타나 있었다. 그러나 강릉 바다와 고래? 일찍이 들은 바가 없었다. 하지만 내 상상력은 뻗어나갔다. 바다라는 커다란 바위 위에 옛날 고래들이 헤엄치고 있었다. 강릉 앞바다도 바위의 한쪽이었다.

나는 이 전집의 제2부에서 밝혔듯이 시 〈고래의 일생〉을 먼저 머리에 떠올린다. 이십 대의 젊은 시절 우리가 만나 시 동인을 결성하던 이야기를 쓴 시였다. 그때 후보로 나왔던 '고래'라는 이름을 택하지 않고 '70년대'라는 이름을 택한 사연이 시의 배경이었다. 그 이십 대 젊은 청년 시인들은 이제 다시 만나 그때 나왔던 이름 '고래'로 시 동인 활동을 시작했다. 다들 일흔이 넘은 나이들이었다. 우리는 늙은 고래 시인들이 되어 있었다. 이런 역사는 한국 문단에 처음 있는 일이었다. 그런데 다시 울산 반구대를 위해 쓴 시, 우리 동인 '고래'들을 위해 쓴 시는 다음과 같다.

강은교는 밍크고래, 김형영은 혹등고래, 정희성은 돌고래라 이름 지었다

나는 범고래가 되었는데, 세상을 떠난 임정남은 귀신고래를 붙

였다

고래 동인이 맥주를 마시며 시를 이야기한다
시와 함께 반세기가 넘어 흘렀다
몇 번 세월이 바뀌었어도 시는 남아서 우리를 지켜주었다
울산 반구대에 남아 있는 고래처럼
오래전 이야기로 노래를 불러주었다
바위에 새겨진 원시인의 시가 되살아나는 순간을 맞이하려고
서촌을 헤엄쳐 가면
이상도 윤동주도 김소월도 백석도 또 어떤 시인도
그 너울에 헤엄치며 머나먼 시의 나라에서 우리를 부른다

늙은 고래들은 여전히 살아서 시를 쓰고 있다. 나는 소설을 쓴다고 특별히 나서지 않는다. 그럴 때 나는 그저 나와 너의 인드라망 속에 있을 뿐이라고 말하고 싶다. 내가 무엇인지는 이 시들의 한 순간처럼 휴지부로 흘러갈지라도 꿈꾸며 살아 있음으로 모두 이루어진다. 이를테면 대관령의 신비한 돌 속에 고래가 살아 있음을 꿈꾸는 것과 같다. 알겠다. 나는 평생 그런 글을 꿈꾸었구나.

대관령의 무희는 바다 같은 춤을 춘다. 그리고 그 옛날 예濊와 맥貊의 백성이 되어 비운悲運의 무가巫歌를 부른다. 오방색의 바다 소리가 대관령을 휘감는다. 오소서, 옵소서. 누군가 나를 부른다. 남대천을 올라온 커다란 고래가 나를 등에 태운다. 오소서, 오시

옵소서. 나는 바다 밑 깊은 길을 거쳐 높디높은 산에 오른다. 대관령이다!

대관령은 커다란 고래처럼 넘실거린다. 눈으로 가늠할 수 없는 한 더미의 고래다. 그 꿈 역시 가늠할 수 없어서 무희의 춤은 무가와 함께 머나먼 바다로 흐른다. 그래서 바다는 큰 산을 받들고 있다. 큰 산의 지느러미가 하늘을 너울거린다. 대관령이다!

*

강릉 헌화로에 숙소를 마련하고 하룻밤을 묵으며 나는 그 옛날의 술집을 떠올렸다. 벽에는 물고기 이름 도치와 망치가 써붙여 있었다. 이런 물고기가 있었단 말인가, 나는 바다를 다시 바라보았다. '치'는 멸치, 꽁치, 갈치 등등 우리 물고기 이름에 흔히 붙어서 예전부터 친근함을 주고 있는데, 도치와 망치라니? 이 가운데 도치는 주문진에 가서 좀 먼저 알게 되어 어느 글에도 썼다. 겨울에는 뱃속의 양분을 먹고 산다고 가르쳐준 그곳 출신 후배의 말이 귀에 남아 있었다. 그런데 이번에는 망치였다.

모래시계로 알려진 정동진에서 아래쪽으로 고갯길을 넘어가면 그 길이 헌화로였다. 꽃을 바친다는 그 뜻이 신라시대부터 그 바닷가 길에 있어왔다는 것부터가 내게는 신비롭고 경이로운 일이었다. 이것이 향가 〈헌화가〉라는 이름으로 전해져 내려온다는 사실!

그 이야기는 잘 알려진 만큼 나도 기회 있을 때마다 해왔기에 여기서는 이만 줄이지만, 서정주 시인도 이 이야기를 가장 아름답다고 꼽고 있었다. 그 길을 걸어가는 것만으로도 나는 옛 향가의 세계로 빠져드는 감동을 맛본다. 바닷가 길에 이와 같은 아름다운 이야기가 담겨 있는 나라가 지구상 어디에 있단 말인가. 남편을 따라 강릉 땅으로 오던 수로부인이 용에게 잡혀 바닷속으로 들어갔다가 나왔다는 것은 그렇다 치고 그 몸에서 향내가 났다 하니 그 향내의 정체는 무엇일까. 그때 나타나 부인에게 꽃을 꺾어 바치겠다는 노인의 정체는?

대관령의 그늘이 드리운 고갯길 아래 아늑한 마을이 있었고, 몇 해 전에 와보고는 하룻밤을 묵었으면 했었다. 나만의 헌화로라고 이름붙이고 싶은 곳이었다. 그런데 그곳에 망치라는 이름의 물고기가 있었다. 아름다운 여인네와 꽃의 향기에 젖어 있었는데 망치라니? 궁금하여 살펴보니 망치는 그리 크지 않고 흉물스럽지도 않은 물고기로서 그쪽 바닷가에서 흔치 않게 잡힌다고 했다.

나는 동해안의 물고기는 양미리와 도루묵과 문어를 가까이 기억한다. 어릴 적 전쟁이 아직 끝나지 않았을 때 강릉 북쪽의 작은 바닷가 마을에 살 무렵 아궁이에 불에 구워 먹던 양미리를 잊지 못한다. 도루묵도 끼어 있었다. 그리고 길게 매달려 큰 빨판을 벌쭉대던 문어. 한번은 길 밑으로 바다에 문어가 움직이는 걸 보다가 그 옆에 빠져 허우적거렸던 무서운 기억. 나는 아늑한 '망치마을'을 지나며 옛날 언젠가 우리 가족이 평화롭게 살던 마을이 아닐까 마음이 안온했다. 이런 곳에 와서 글을 쓰며 마지막 한 철을 지날 수 있다면! 하고. 프랑스의 랭보가 쓴《지옥에서 보낸 한 철》과는 반대의 내용을 쓰는 나의 시간이 '헌화가'와 함께 있을 수 있다면!

바다에 물고기가 살아 있다는 사실을 기적같이 여길 때가 있다. 이렇게 지구가 병들어가는데 물고기들은 꿋꿋하게 살아 있었다. 그것은 꼭 '꿋꿋'이어야 하고 영어의 'good good'으로 번역되어야 한다고 나 혼자 토를 달기도 했다. 그리고 나는 바닷속에 내 방을 만들고 글을 쓸 수 있다면 하고도 엉뚱한 상상에 빠져들었다. 혼자 틀어박혀 있을 공간을 병적으로 탐하는 내 욕심은 언제 어디서나 변하지 않는다.

바닷속 내 공간에는 망치는 물론 양미리며 도루묵이며 문어까지 함께 살고 있을 것이었다. 나는 그들 옆에 내 앉은뱅이책상을 놓고 앉는다. 이제 그들은 나와 동족이었다. 내 글을 읽어줄 친구들이었다. 아무리 요즘이 책을 멀리하는 세태라 해도 그들이 있는 한 걱정할 게 없었다. 난 양미리야, 난 도루묵이야, 난 문어야, 난 망치…… 나도 거기에 나오니? 그들이 다가와 묻는 망치마을 바닷속이야말로 내가 살아 있을 곳이 아니랴.

나는 상상한다. 바닷속에 산 지도 오랜 세월이 흘렀다. 드디어 한 권의 책을 써서 옆구리에 껴 들고 나는 육지로 나와 눈부신 산천초목의 세상을 바라본다. 나와 함께 살던 사람들은 어느덧 아무도 없다. 뿐만 아니라 내가 쓴 바닷속 글자들을 읽을 수 있는 사람들도 없다. 사람들은 내가 쓴 글자들을 암호로 여긴다. 이제는 이 세상에서는 풀 수도 없는 바닷속 글자인 때문이다. 하지만 나는 아무도 모르는 글자들의 책 한 권을 꼬옥 끌어안고 내 고향 길을 걸어간다.

"선생은 누구신데, 어디로 가려 하오?"

누군가가 묻는다.

"이 시집에 다 써놓았지요."

나는 면접을 볼 때처럼 당당하게 말한다. 마침 벼랑 위에 핀 꽃을 본 나는 아득한 그 옛날을 더듬어 누군가 꽃을 꺾어달라고 하던 부탁을 겨우 기억해낸다. 나는 벼랑을 기어올라간다. 그리고 꽃을 꺾어 책 앞에 놓는다. 바닷가 '헌화로'를 가며 바닷속에서 나온 여인을 위해 꽃을 꺾어 바친다는 생각이다.

그리하여 암호가 풀리는 소리가 들리고 책은 사람들에게 스스로 뜻을 들려주기 시작한다. 그 책 읽는 소리에서 옛날 그 여인에게 묻어나던 바닷속 향내가 전해지고 있는가. 누군가가 말한, 이 세상으로 가는 길인 한 권의 아름다운 책이란 그것이었을까.

그와 같은 한 권의 책을 쓰지 않으면 안 된다. 그래서 이 땅의 삶만이 아니라 바닷속의 삶까지 거쳐야 한다고 고향의 바닷가 길이 내게 가르치는 것이다. 한 권의 아름다운 책을 위해 나는 이 계절에도 어두운 길의 상처를 비춰주는 등불과 같은 꽃을 찾아 '헌화'의 길을 걷는다고 내게 믿음을 보낸다.

이 시집이 바로 그 책이라면 얼마나 좋을까. 그러나 나는 감히 말할 수 없다. 어쩌면 말하지 못하는 이 사실이야말로 내가 시인의 길을 걷는다는 운명이 아닐까도 여겨진다. 그러는 사이에 나는 그만 그 마지막 구비에 이르렀다는 생각이다. 커다란 고래들은 지느러미로 하늘을 헤어가서 마침내 대관령의 신비한 돌 속에 모습을 남길까. 그러면 나라는 그 사람은 바닷속에서 나와 한 송이 꽃을 들고 높이높이 올라 내 기도를 산 위에 남길까. 오늘도 나는 의혹을 버릴 수 없어 이 시집의 끝 글자에 이르러서도 저 먼 산과 먼 바다, 큰 산과 큰 바다에 머리를 기댈 뿐이다.

작가 연보

1946년 강원도 강릉에서 태어났다.

1967년 《경향신문》 신춘문예에 시 〈빙하(氷河)의 새〉가 당선되며 시인으로 입신했다. 그로부터 신춘문예 당선 시인들의 모임인 《신춘시》에 작품을 발표하다가 시 동인지 《70년대》의 창간 동인으로 활동하면서 시인에의 길에 본격적으로 들어섰다.

1977년 그동안 여러 출판사들을 전전하며 써 모은 시들을 엮어 시집 《명궁(名弓)》을 문학과지성사에서 펴냈다. 개인적으로 문학적 성과이기도 한 이 시집은, 동시에 문학적 갈증을 유발시켰고, 그 무렵 밀어닥친 가정사의 문제와 뒤엉켜 소설에의 길을 모색하는 계기가 되었다.

1979년 《한국일보》 신춘문예에 단편소설 〈산역(山役)〉이 당선되며 소설가가 되었고, 이듬해에 다니던 출판사를 그만두고 소설가로서의 삶만을 살기로 결심했다.

1980년 소설 동인지 《작가》의 창간 동인이 되었다.

1983년 거제도 체류. 중편소설 〈돈황(敦煌)의 사랑〉으로 녹원문학상을 수상했고, 동명의 표제작으로 첫 소설집을 문학과지성사에서 펴냈다.

1984년 단편소설 〈누란(樓蘭)〉(뒤에 〈누란의 사랑〉으로 개작)으로 소설문학 작품상을 수상했다.

1985년 단편소설 〈엉겅퀴꽃〉과 〈투구게〉를 중편소설 〈섬〉으로 개작, 한국일보 문학상을 수상했다. 소설집 《부활하는 새》를 문학과지성사에서 펴냈다.

1986년 단편소설 〈팔색조〉(소설집에는 〈새의 초상〉으로 수록), MBC 베스트셀러극장에서 드라마 방영.

1987년 산문집 《내 빛깔 내 소리로》를 작가정신에서, 중편소설 문고 《모든 별들은 음악소리를 낸다》를 고려원에서 펴냈다.

1988년 중편소설 〈높새의 집〉이 국제 펜 대회 기념 《한국 소설집》에 번역(서지

문 옮김), 수록되었고, 〈모든 별들은 음악소리를 낸다〉가 무용가 김삼진에 의해 호암아트홀에서 공연되었다.

1989년 소설집 《원숭이는 없다》를 민음사에서 펴냈다.

1990년 장편소설 《별까지 우리가》를 도서출판 둥지에서, 산문집 《이 몹쓸 그립은 것아》를 동서문학사에서, 장편소설 《약속 없는 세대》를 세계사에서, 문학선집 《알함브라궁전의 추억》을 도서출판 나남에서 펴냈다.

1992년 장편소설 《협궤열차》를 도서출판 창에서, 장편동화 《너도밤나무 나도밤나무》와 시집 《홀로 등불을 상처 위에 켜다》를 민음사에서 펴냈다.

1993년 《돈황의 사랑》이 프랑스 출판사 악트 쉬드(Actes Sud)에서 번역(최윤 옮김)되어 나왔다.

1994년 중편소설 〈별을 사랑하는 마음으로〉로 현대문학상을 수상했다.

1995년 중편소설 〈하얀 배〉로 이상문학상을 수상했다. 한국소설가협회 기획분과위원회 위원장에 선임되었다. 연세대학교, 동국대학교 국문학과 강사(~1997년).

1997년 소설집 《여우 사냥》을 문학과지성사에서, 산문집 《곰취처럼 살고 싶다》를 민족사에서 펴냈고, 한국소설학당을 설립했다.

1998년 추계예술대학교 강사(~2000년).

1999년 단편소설 〈원숭이는 없다〉가 독일에서 나온 《한국 소설집》에 번역(안소현 옮김), 수록되었다.

2000년 민족문학작가회의 이사로 선임되었다.

2001년 추계예술대학교 문예창작과 겸임교수가 되고(~2003년), 소설집 《가장 멀리 있는 나》를 문학과지성사에서 펴냈다. 한국소설가협회 이사, PEN클럽 기획위원회 위원으로 선임되었다.

2002년 단편소설 〈나비의 전설〉로 이수문학상을 수상했다. 산문집 《그래도 사랑이다》를 늘푸른소나무 출판사에서 펴냈다. 중편 〈여우 사냥〉이 일본의 이와나미문고에서 나온 《현대한국단편선》에 번역(三枝壽勝 옮김), 수록되었다. 《대한매일신보》 명예논설위원, 연세대학교 동문회 상임이사(문화예술분과)로 위촉되었다.

2003년 산문집 《꽃》을 문학동네에서 펴냈다.

2004년 소설가협회 중앙위원이 되고, 2005년 독일 프랑크푸르트 도서박람회 주빈국(한국) 출품 도서 '한국의 책 100선'에 《돈황의 사랑》이 우리 소설 16편 중 하나로 선정되었다. 동화 《두부 도둑》을 자유지성사에서 펴냈다.

2005년 장편소설 《삼국유사 읽는 호텔》을 랜덤하우스중앙에서 펴냄과 함께 《돈황의 사랑》을 《둔황의 사랑》으로(문학과지성사), 《이별의 노래》를 《무지개를 오르는 발걸음》으로(일송북) 제목을 바꾸고 여러 곳 손을 보아 다시 펴냈다. 프랑크푸르트 도서전을 계기로 독일 순회 낭독회에 참가, 본 대학과 뒤셀도르프 영화박물관에서 작품을 낭송하고 해설하는 행사를 가졌다. 《The love of Dunhuang(둔황의 사랑)》(김경년 옮김)이 미국 CCC출판사에서 나왔다. 서울디지털대학교 초빙교수.

2006년 《敦煌之愛(둔황의 사랑)》(왕책우 옮김)이 중국에서 나왔다. 국민대학교 문예창작대학원 겸임교수(~현재). 시와 소설 그림집 《사랑의 마음, 등불 하나》를 랜덤하우스중앙에서 펴냈다.

2007년 단편소설 〈촛불 랩소디〉로 제12회 현대불교문학상을 수상했다. 소설집 《새의 말을 듣다》를 문학과지성사에서 펴내고, 이 책으로 제10회 동리문학상을 수상했다.

2008년 《21세기문학》 편집위원.

미술; 「티베트의 길, 자유의 길 전」(헤이리 '마음등불')에 참여했다.

2009년 중국 베이징 주중 한국문화원 개원 2주년 기념행사 '한중작가 사인회(장편 《인민을 위해 복무하라》의 중국작가 옌롄커(閻連科)와 미국 LA 한인문인협회 세미나에 참가(강연)했다. 문학 그림집 《지심도, 사랑을 품다》를 펴내고(교보문고), 전시회와 낭독회(거제도)를 가졌다.

미술; 「독도 전」(전국순회전), 「어머니 전」(미술관 가는 길), 「구보, 청계천을 읽다 전」(청계천 광장, 부남미술관).

2010년 한국소설가협회 부이사장이 되고, 중국 난징(난징대학)과 타이완 타이베이(정치대학) '한국문학포럼'에 참가. 산문집 《나에게 꽃을 다오 시간이 흘린 눈물을 다오》를 중앙북스에서 펴냈다. 중편소설 〈하얀 배〉 〈모든 별들은 음악소리를 낸다〉 고등학교 교과서에 수록.

미술; '문인 자화상 전'(신세계갤러리), '한국의 길—제주 올레 전'(제주현대미술관, 포스터 채택), '이상, 그 이상을 그리다 전'(교보문고, 부남미술관선유도), '조국의 산하전'(헤이리 '마음등불'), '한국, 중국, 오스트리아 교류전'(헤이리 아트팩토리).

2011년 《한국소설》 편집주간을 겸임하고, '한국작가총서 문학나무 이 한 권의 책 001' 《사랑의 방법》을 문학나무에서 펴내고 문학교육센터(남산도서관)에서 낭독회를 열었다.

미술; 한일교류전(헤이리 한길아트), '아트로드77'전(헤이리 리앤박 갤러리), 조국의 산하전(광화문 '광' 갤러리)

2012년 육필시집 《먼지 같은 사랑》을 지식을만드는지식에서, 시집 《쇠물닭의 책》을 서정시학에서 펴냄. 제1회 부산 가마골소극장 문학콘서트를 열고, 소설집 《꽃의 말을 듣다》를 문학과지성사에서 펴냄과 함께 첫 개인 그림전시회 '꽃의 말을 듣다'(서울 인사아트센터) 개최. 장편소설 《협궤열차》를 다시 펴내고(책만드는집), 《둔황의 사랑》이 러시아에서 출간됨(박미하일 옮김). 제1회 고양행주문학상 수상.

2013년 세계인문문화축제 '실크로드 위의 인문학, 어제와 오늘'(교육부, 경상북도 주최)에서 '실크로드의 문학' 발표. 시집 《쇠물닭의 책》으로 제4회 만해님시인상 작품상 수상.

2014년 **미술;** 개인 초대전 '엉겅퀴 상자'(길담서원 갤러리).

2015년 서울대통일평화원 인권소설집 《국경을 넘는 그림자》에 단편 〈핀란드역의 소녀〉 발표. PEN 세계한글작가대회 강연, 강릉 문화작은도서관 명예관장, 토지문학제 명예대회장, 몽블랑 문화예술후원자상 심사위원, 수림문학상 심사위원장, 이상문학상, 산악문학상 외 각종 문학상 심사.

2017년 연문인상(연세대문화예술상) 수상. 〈윤후명 소설전집〉(전12권) 완간. 국민대 문창대학원, 체코 브르노 콘서바토리(한국) 퇴임.

미술; 강릉시립미술관 초대 개인전.

현재 문학비단길, 문학나무 고문, 강릉문화작은도서관 명예관장.

윤후명 시전집
새는 산과 바다를 이끌고

1판 1쇄 인쇄 2017년 12월 14일
1판 1쇄 발행 2017년 12월 22일

지은이 · 윤후명
펴낸이 · 주연선

총괄이사 · 이진희
책임편집 · 강건모
편집 · 심하은 백다흠 이경란 최민유 윤이든 양석한
디자인 · 김서영 이지선 권예진
마케팅 · 장병수 최수현 김다은 이한솔
관리 · 김두만 유효정 신민영

(주)은행나무
04035 서울특별시 마포구 양화로11길 54
전화 · 02)3143-0651~3 | 팩스 · 02)3143-0654
신고번호 · 제 1997-000168호(1997. 12. 12)
www.ehbook.co.kr
ehbook@ehbook.co.kr

잘못된 책은 바꿔드립니다.

ISBN 979-11-88810-01-7 03810